U01137134

華志文化

華志文化

華志文化

華志文化

寫好聯過好年

最新最全的春聯、壽聯集錦

前　言

　　對聯，作為獨特的漢語言文學樣式，其文化源遠流長，是由兩串字數相等、句式相同、平仄和諧、語意相關的漢字序列組成的獨立文體，多用來懸掛或黏貼在牆壁和楹柱上，表達人們的思想感情。

　　千百年來，一直是中國人進行語言學習和社會交往的重要形式之一。其依功能可分為春聯、婚聯、壽聯、輓聯、堂聯、名勝古蹟對聯等。

　　其中，春聯的使用最早，範圍最廣，因用於迎春而作，故名。舊時僅用於春節，多為祝福之語，現在用來述志抒懷。而隨著人們社會生活日益豐富，又逐漸推及到喜慶節日之祝賀或喪葬之弔唁用。

　　天下名聯取精華，世間豪對選厚味。如何將最精華、最實用、最有韻味的春聯及壽聯呈現給廣大對聯愛好者，是我們編寫本書的初衷。

　　為了達到這個目標，我們對大量的自創春聯、壽聯和現實社會中流傳最廣的春聯、壽聯進行了篩選，並在本書的編寫過程中，將常用的一些文書知識進行了簡單介紹，如請柬的寫法、對聯的貼法等，增強了

本書的實用性。

　　願本書的出版能夠為各位讀者在寫下來年的期許時帶來些許的方便！在此預先向各位讀者拜個早年，祝福大家新春愉快！

目錄

第二篇 壽誕喜慶

第一篇

春聯

一、對聯的寫法與張貼

　　對聯是漢民族獨具特色的、將文學和書法相結合的一種綜合性藝術。起源於五代，興盛於明清，至今不衰。

　　對聯不僅可以增添氣氛，而且人們在閱讀一副好的對聯後既能得到藝術享受，在思想上又能得到啟迪、激勵和鞭策。對聯可以在紅白喜事上應用，也可以貼在商店、廟宇、亭臺樓閣、集貿市場等的大門、廳堂等處。

　　對聯由上下聯及橫批組成。

　　上下聯要求字數相等、節奏相同、平仄協調、對仗工整。

　　橫批，也叫橫披。是對聯上方居中的一條短幅。春聯常有橫批，專用聯可配可不配。橫批多由四字組成，要求和聯語內容相配合。

　　對聯的字體一般以楷書、隸書、行書為宜，廳堂、書齋等特殊場合可用行書、草書、篆書。

　　紅事、喜事對聯用紅紙書寫，白事用藍紙白字或白紙黃字、黑字。百歲以上老人的輓聯可用紅紙書寫。

　　對聯橫批橫寫，上下聯豎寫。

　　婚聯，又叫喜聯。是舉行婚禮時專用的對聯。一般在婚禮當天貼在院門、房門等處，有時也貼在嫁妝箱櫃

上。

　　婚事對聯的書寫用紙為紅紙，字的顏色為金色或黑色。

　　對聯懸掛時應注意，無論貼在什麼位置，一律聯首（上聯）掛（貼）右邊，對尾（下聯）掛（貼）左邊，上方正中貼（掛）橫批。

　　婚聯一般應由撰寫者根據結婚者雙方的姓名、職業、身份、地位、家庭情況、興趣愛好，以及結婚的時間、地點、氣氛等臨時擬寫。

　　內容大多是祝願新人婚姻美滿、白頭偕老，或宣傳婚姻自主、婚事新辦、男女平等、家庭和睦、順生優生，或表達新人共展宏圖，齊創大業的決心。

二、通用流行春聯

　　近幾年來，市場上流行的春聯大多以 7 字春聯為主，對聯的大小以 1.1 公尺、1.3 公尺、1.6 公尺、2.2 公尺、3 公尺等多見。對聯的樣式因印刷技術的提高，花樣不斷翻新，如近年來較多見的有魚頭帶金邊的、有花邊的、有絨布的、有立體的、有紅卡的、有花邊摩沙的、有撒金的等，但不論如何變化，對聯紅色的底面是不會改變的，喜慶的氣氛更加濃烈。

牡丹花開家富貴
紅梅報喜戶平安

宏圖利路通四海
財源茂盛達三江

居家歡樂事從心
出外順景財就手

玉燕迎春春常在
金鶯報喜喜臨門

出入貴人相照應
時來運轉好前程

好生意旺氣沖天
居寶地財源廣進

紅聯高照幸福家
喜炮齊鳴招財宅

四海財源通寶地
九州鴻運進福門

福滿花堂添富貴
財臨吉宅永平安

鴻開泰運興駿業
喜進財源展宏圖

鴻福鋪滿前程路
財源湧進富貴門

福到財到千秋富
家和業興百事興

寶地財源逐日增
福門鴻運連年盛

迎春接福千秋盛
致富興家萬事成

萬事如意迎富貴
千秋吉祥賀新春

三星高照全家福
五福常臨富貴家

事業輝煌年年好
前程似錦步步高

福星高照全家福
萬事如意滿堂紅

人發三江九州福
廣進四海八方財

家和人和萬事和
春到福到吉祥到

迎新春萬事如意
賀佳節百福臨門

內外平安順意來
闔家歡樂迎富貴

寶地年年興家業
福門代代出英才

新年幸福添富貴
佳歲平安多吉祥

金光普照財源進
銀澤門躍福運來

歲歲平安闔家歡
事事如意福臨門

生意興隆通四海
財源茂盛達三江

步步登高喜盈門
天天開心福到家

居福地吉祥如意
開福門心想事成

幸福家和和美美
富貴門平平安安

大吉大利迎富貴
多福多財慶平安

年年迎春春常在
歲歲祝福福滿堂

平安如意千般好
人順家和萬事興

福門代代前程好
寶地年年財運高

好年好景好前程
順風順水順人意

滿堂歡喜滿堂春
萬事如意萬事順

迎新春富貴滿堂
慶佳節人財興旺

開開心心財生財
和和順順福增福

事事如意迎吉祥
年年順心走鴻運

新春新喜迎富貴
好年好運慶平安

四季來財家興旺
八方進寶福滿堂

滿堂瑞祥滿堂紅
全家和睦全家福

出外平安財到手
居家歡樂事順心

家業興隆步步高
吉祥福門年年好

闔家歡樂迎百福
滿堂和順慶平安

祥和一家生百福
平安二字值千金

花開富貴家家樂
燈照吉祥歲歲歡

歲歲平安迎百福
年年興旺走鴻運

黃金寶地人財旺
榮華福門萬事興

吉祥如意福星到
富貴平安好運來

大吉大利平安福
新年新景如意春

人順家順事業順
福多財多喜樂多

滿堂歡樂接平安
闔家欣喜迎富貴

慶新春年年如意
賀佳節歲歲平安

和順迎進吉祥福
好運接來平安財

住福地四季平安
開福門八方進寶

天天平安富貴來
年年如意財寶進

財喜兩旺家和睦
富貴雙全人吉祥

家有鴻福千般喜
人興財旺萬事成

好日子錦上添花
富貴家美滿幸福

年年如意新春樂
歲歲平安好運來

和諧和美全家和
順心順意天地順

歡樂佳節連年順
喜迎新春開門紅

迎春迎喜迎富貴
接財接福接平安

福地福家福臨門
好年好景好財運

年年順景好運來
歲歲平安福星照

如意吉祥年年在
財源富貴日日來

三星拱照平安宅
百福齊臨富貴家

富貴門庭常興旺
幸福人家永吉祥

慶佳節福財兩旺
迎新春人壽安康

門臨四季平安福
戶納八方富貴財

迎新春萬事如意
賀佳節幸福安康

和睦人家春常在
富貴門第富有餘

人樂豐年慶盛世
天開美景賀佳春

闔家欣喜迎富貴
滿堂歡樂慶平安

春到大地人歡騰
喜臨門庭戶增輝

接鴻福富貴滿堂
迎新春吉祥如意

年年吉慶年年慶
歲歲平安歲歲安

財登金門步步高
福照寶地年年好

一帆風順財興旺
四季吉祥福滿堂

福星降臨平安地
鴻運長駐和睦家

心想事成福臨門
萬事如意財運通

門迎千條財源路
家進百年鴻運福

春回大地風光好
福滿人間喜事多

歡天喜地門庭興
家和人順富源長

家庭和睦萬事興
旺財臨門百福到

吉慶平安辭舊歲
康樂幸福迎新春

富貴寶地生百福
平安福門納千祥

門迎旭日財源廣
戶納春風吉慶多

富上添財日日歡
福中增喜年年樂

福來財到千秋盛
家和興旺萬事順

門迎千條財源路
家進萬年吉祥福

滿堂聚財財發到
迎春接福福自來

寶地生意通四海
福門財旺聚九州

條條財路通寶地
道道富水湧金門

事事順心創大業
年年得意展宏圖

家接吉祥萬事興
門迎富貴百業旺

祝福家業年年好
賀喜財旺步步高

天賜寶地鴻運來
地助福門財源旺

添財添福添如意
越過越富越吉祥

接鴻福事業輝煌
迎新春財源廣進

走財運平安如意
開福門富貴吉祥

一帆風順財源廣
萬事如意家業興

出外求財財到手
居家創業業興隆

萬里鵬程添錦繡
千秋偉業更輝煌

喜迎四季平安福
笑納八方富貴財

和諧和美和順家
好年好景好運氣

門迎百福福星照
戶納千祥祥雲開

和順迎進吉祥福
好運接來平安財

吉祥如意天賜福
平安和睦地增輝

門迎富貴吉祥福
家發如意興旺財

平平安安門庭好
順順當當進財寶

和和順順千家樂
月月年年百姓福

三、十二生肖年春聯

1. 鼠年春聯

人歡為體健　　　　春風拂綠柳
鼠碩因年豐　　　　靈鼠跳松青

子夜鐘聲響　　　　春潮傳喜訊
鼠年爆竹喧　　　　鼠歲報佳音

子時歲交替　　　　春燕鳴暖樹
鼠節春更新　　　　金鼠跳青松

子年春到戶　　　　黃鶯鳴翠柳
鼠歲喜臨門　　　　金鼠戀蒼松

豕去呈豐稔　　　　鼠來豕去遠
鼠來報吉祥　　　　春到景更新

豕去春無限　　　　鼠至調新律
鼠來歲有餘　　　　雞鳴早報春

蒼松隨歲古　　　　新妝鼠嫁女
子鼠與年新　　　　美景豔迎春

欣有鼠鬚筆　　　　鼠年春作首
喜題燕尾書　　　　六畜豬為先

黃山松鼠跳
綠野早春歸

子時春意鬧
鼠歲笑聲甜

黃山松鼠跳
子夜陽春來

子時啟泰運
鼠歲報佳音

鼠穎題春貼
鵲舌報福音

春潮帶喜訊
鼠歲洽春光

百年推甲子
福地在春申

子為地支首
鼠乃生肖先

碧野青蛙叫
黃山松鼠鳴

子夜松濤勁
鼠年鵲語香

丙輝覘瑞應
子庶慶豐登

鼠目寸光人共戒
鵬程萬里世同春

丙輝騰瑞氣
子庶樂豐年

鼠跡潛蹤鼠歲樂
燕簾繞瑞燕居安

鵲語紅梅放
鼠年喜氣濃

丙丁烈焰開新宇
子丑銀花兆豐年

鼠為生肖首
春乃歲時先

丙輝耀福騰淑氣
子舍承歡聚太和

子年春到戶
鼠歲喜臨門

丙年有慶豬辭歲
子夜無聲鼠報春

丙夜未眠思國計
子時早起訝春光

窗花巧剪吉祥鼠
科技尊稱致富神

春鼓頻敲鼠嫁女
秧歌競扭喜盈門

甲兵永戢書康樂
子庶同歌世共和

甲第連雲欣發展
子年遍地祝豐收

甲乙科名佳話在
子孫孝友古風存

甲子迎春多瑞靄
文明建國遍春風

嫁女畫圖呈喜慶
迎春燕子舞祥和

龍國群英興偉業
鼠須彩筆繪藍圖

年畫喜人鼠嫁女
紅梅傲雪鵲鳴春

豕去鼠來新換舊
星移斗轉臘迎春

鼠懷不可告人事
年到非常吉慶時

鼠女出嫁千裡外
鐘聲敲響兩年間

鼠無大小名稱老
年接尾頭歲更新

鼠穎描春成畫稿
羊毫觸墨舞龍蛇

肅貪懲治官倉鼠
正本當糾裙帶風

萬千氣象開新景
一代風流壯鼠年

萬千禽獸尊為子
十二生肖獨佔先

銀花火樹迎金鼠
海味山珍列玉盤

銀花萬簇迎金鼠
火樹千株展玉龍

鶯歌燕舞春添喜　　　子來亥去年更歲
豕去鼠來景煥新　　　斗換星移日轉輪

宰掉肥豬開美宴　　　子年大有山河壯
迎來金鼠慶新春　　　甲歲豐盈日月新

春光曙色兆甲歲　　　子歲人奔新富路
松韻清流慶子年　　　甲年眾改舊乾坤

亥歲祝福歌九曲　　　一日時辰子為首
子年盡興飲三杯　　　十二生肖鼠占頭

花香鳥語山村好　　　子時一到開新律
雨順風調鼠歲豐　　　鼠歲三春報好音

甲第宏開他造府　　　子夜鼠歡爆竹樂
子年興旺我修樓　　　門庭燕舞笑聲喧

綠酒添香甲子歲　　　子夜鐘聲燃爆竹
雪花獻瑞大豐年　　　鼠年吉語化春聯

十二時辰鼠在首　　　九州浪潮逐鼠去
一年四季春為頭　　　萬里東風吹富來

歲月崢嶸逢子鼠　　　三春花雨潤甲歲
江山錦繡傾甲年　　　十億神州慶子年

跳舞唱歌慶子歲　　　才見肥豬財拱戶
題詩作對頌甲年　　　又迎金鼠福臨門

午夜鐘聲響且遠
子時月色亮而圓

火樹銀花迎玉鼠
山珍海味列金盤

壬遇深恩心謝党
子圖大業力描春

東風撲面經新雨
江水回頭戀子年

務本神農播百穀
刺貪碩鼠吟三章

吉祥鼠報豐收歲
科技花開富裕家

老鼠娶親鳴鼓樂
羊毫蘸墨寫春聯

江水回頭戀子年
萬里東風吹富來

花香鳥語山村好
亥歲祝福歌九曲

雨順風調鼠歲豐
子年盡興飲三杯

雪花獻瑞大豐年
題詩作對頌甲年

三春花雨潤甲歲
子年大有山河壯

十億神州慶子年
甲歲豐盈日月新

春風又綠江南岸
好雨復滋甲子年

午夜鐘聲響且遠
十二時辰鼠在首

子時月色亮而圓
一年四季春為頭

子來亥去年更歲
子歲人奔新富路

斗換星移日轉輪
甲年眾改舊乾坤

歲月崢嶸逢子鼠
甲第宏開他造府

江山錦繡傾甲年
子年興旺我修樓

消除鼠害人人事　　　　老鼠娶親成故事
春光曙色兆甲歲　　　　雄雞迎日報新春

造福家邦歲歲昌　　　　麟角鳳毛增國譽
松韻清流慶子年　　　　鼠須妙筆點春光

抱金豬財源滾滾　　　　靈鼠跳枝月影晃
迎紅鼠好事連連　　　　春牛耕地穀香飄

靈鼠迎春春色好　　　　一紀開端共迎金鼠
金雞報曉曉光新　　　　三春肇始同舉玉杯

鵲喳梅放春迎戶　　　　春雨曉風花開五色
鼠報年來福滿門　　　　鼠須麟角力掃千軍

鳩婦雨添正月翠
鼠姑風裏一庭香

雪花獻瑞玉龍飛起三百萬
綠酒添歡金鼠報來十二時

兩個文明同建設無分甲乙
四項原則共堅持永傳子孫

雪花獻瑞五龍鱗甲飛大地
綠酒添歡家人父子慶豐年

海宇塵囂堅甲牧馬立國之道
人寰春暖孺子為牛盡我所能

歲月崢嶸應知花甲易屈指珍惜少壯
江山錦繡樂與赤子同存心服務人民

2. 牛年春聯

布穀迎春叫
牽牛接福來

牛開豐稔景
燕舞豔陽天

草綠黃牛臥
松青白鶴棲

牛鈴飄翠嶺
燕語暖春風

牛背飄春曲
鵲舌報福音

牽牛花報喜
布穀鳥催春

人勤春來早
草發牛更肥

鶯舞池邊柳
牛耕陌上春

丑時春入戶
牛歲福臨門

歲首春到戶
春來紫燕舞

歡度新春節
高歌小放牛

春來紫燕舞
節到黃牛忙

黃牛耕綠野
猛虎嘯青山

豐稔黃牛志
富強赤子心

牛耕芳草地
鵲報吉祥年

鼠遁春風至
牛攜喜氣來

紫燕尋舊主
金牛舞新春

鼠去牛來欣大治
龍騰虎躍奮新程

牛年福滿門
節到黃牛忙

數聲柳笛飄牛背
無限春光亮馬蹄

將軍愛戰馬
黃牛耕九野

數聲牧笛傳新曲
四野耕犁試早春

農夫喜黃牛
白馬戰疆場

鐵牛喘月平疇綠
赤幟嘯風滿地紅

子歲先登富路
丑年再上新階

鐵牛拖出滿山寶
繭手挖來遍地金

鼠報平安歸玉宇
牛隨吉瑞下天庭

為民當效黃牛力
報國壯懷赤子心

鼠年不做官倉鼠
牛歲甘為孺子牛

未許田文輕策馬
願聞老子再騎牛

鼠年譜就驚天曲
牛歲迎來動地詩

寫完福字描春字
迎到金牛買鐵牛

鼠去牛來辭舊歲
龍飛鳳舞慶新春

新春樂詠黃牛頌
小院頻傳喜鵲歌

鼠去牛來聞虎嘯
民殷國富盼龍飛

新春喜作黃牛頌
旭日高懸致富門

新村喜盼鐵牛到
農家笑望春燕飛

有慶年頭牛得草
無垠大道馬揚蹄

玉鼠回宮傳捷報
金牛奮地湧春潮

玉碗生光輝琥珀
金牛煥彩耀星辰

豬肥牛壯家家樂
燕舞鶯歌處處春

子去丑來騰錦繡
鼠歸牛到競輝煌

白頭能做識途馬
新春人唱黃牛贊

誠心樂作人間事
俯首甘為孺子牛

橫心誓掃官倉鼠
俯首甘為孺子牛

挺身勇滅官倉鼠
俯首甘為孺子牛

碧樹紅樓相掩映
黃牛駿馬共迎春

碧桃無意隨春水
黃犢有情鼓綠濤

布穀鳥鳴忙布穀
牽牛花綻喜牽牛

產奶無私甘奉獻
充饑有草樂耕耘

春到人間新燕舞
喜盈門第鐵牛忙

春歸大地黃牛躍
神輕人間紫燕飛

辭舊迎新除碩鼠
富民強國效勤牛

辭鼠修倉迎稻熟
催牛耙地促年豐

翠柳迎春千里綠
黃牛耕地萬山金

當年禹甸多銅馬
今日春郊遍鐵牛

丁年鼠匿輝煌業
丑歲牛奔綺旎春

紅梅傲雪千門福
碧野放牛五穀豐

黃牛吃草生新奶
紫燕銜泥築小巢

黃牛舔犢芳草地
紫燕營巢杏花天

黃土田間牛作畫
紫微春苑燕吟詩

蘭花綻放漫山綠
牛背飄來一曲歌

金光大道人催馬
黃土高坡口吆牛

金牛開出豐收景
喜鵲銜來幸福春

君子聞聲心不忍
庖丁善解目無全

可染畫牛牛得草
悲鴻放馬馬揚鞭

老牛力盡丹心在
志士年衰赤膽懸

牧草叢中春色美
放牛曲裡笑聲甜

牧童牛背春香路
遊子馬蹄夢醉鄉

牛奔馬躍行千里
鳳舞龍飛上九霄

牛鞭當筆填新句
鳥語作歌報福音

牛耕碧野千畦秀
人值芳齡百事亨

牛耕沃野千畦綠
鵲鬧紅梅萬朵紅

牛耕沃野千山笑
雪映紅梅小院香

牛郎不厭天河闊
織女但求凡世歡

牛郎弄笛迎春曲
天女散花祝福圖

牛主乾坤春浩蕩
人逢喜慶氣昂揚

人勤一世千川綠
牛奮四蹄萬頃黃

人物風流心向黨
黃牛勤奮力耕田

三春淑景景無醜
四化勵人人效牛

神州無處不放彩
農戶有牛喜迎春

俯首甘為孺子牛
豐歲詩吟白雪歌

年豐人壽家家樂
戶戶厭惡大碩鼠

春到花開處處耕
家家喜愛老黃牛

花開江左白雪盡
土生白玉牛羊壯

天降平安福星照
牛勢沖天鴻運來

春到人間黃牛忙
地產黃金雞犬歡

一曲牧歌傳牛背
臘梅花放雪將盡

無邊柳色綠村頭
春水溫升牛甚忙

布穀聲中閒人少
豬肥牛壯家增福

牧歌曲裡頌春多
食足衣豐民自安

耕者有牛皆種地
新歲牧歌需縱酒

神州無處不歡歌
黃牛奮井不著鞭

五嶺鶯歌又燕舞
川原蝶舞翩翩好

九州馬叫並牛歡
田野牛耕戶戶忙

不知索取只知奉獻
勿問收穫但問耕耘

滅鼠消災糧豐人壽
養牛致富國裕家康

3. 虎年春聯

虎嘯風聲遠　　　　丙部琳琅春馥鬱
龍騰海浪高　　　　寅賓璀燦日光華

龍引千江水　　　　赤縣奔騰如虎躍
虎越萬重山　　　　神州崛起似龍飛

雲中熊虎將　　　　丑舊寅新宏圖展
天上鳳凰兒　　　　牛歸虎躍春意濃

春風春起色　　　　丑去寅來千里錦
虎歲虎壯威　　　　牛奔虎嘯九州春

虎踞龍盤今勝昔　　春風浩蕩神州綠
花得鳥語舊更新　　虎氣升騰嶽麓雄

人民氣魄如龍虎　　春風著意隨人願
祖國江山似畫圖　　虎氣生威壯國魂

唯大英雄能伏虎　　春光春色源春意
是真俊傑敢擒龍　　虎將虎年揚虎威

英雄氣概如龍虎　　春節乍聞春有喜
祖國江山似畫圖　　虎年樂見虎生風

春曉寅回人起舞
歲禎虎嘯物昭蘇

虎躍龍騰生紫氣
風調雨順兆豐年

憨厚忠誠牛品德
高昂奮勇虎精神

虎躍龍騰興駿業
鶯歌燕舞羨鵬程

虎步奔騰開勝景
春風浩蕩展鴻圖

虎躍神州千業旺
春臨盛世萬民歡

虎年贏得春風意
喜訊喚來燕子情

花事才逢花好日
虎年更有虎威風

虎氣頓生年屬虎
春風常駐戶迎春

黃牛雖去精神在
猛虎初來氣象新

虎氣頻催翻舊景
春風浩蕩著新篇

江山秀麗春增色
事業輝煌虎更威

虎添雙翼前程遠
國展宏圖事業新

江山一統騰龍日
歲月三春入虎年

虎嘯大山山獻寶
龍騰祖國國揚威

金牛昂首高歌去
玉虎迎春斂福來

虎嘯青山千里錦
風拂綠柳萬家春

金牛辭歲寒風盡
白虎迎春喜氣來

虎嘯一聲山海動
龍騰三界吉祥來

金牛辭歲千倉滿
玉虎迎春百業興

金牛奮蹄奔大道　　牛耕綠野千倉滿
乳虎添翼舞新春　　虎嘯青山萬木榮

金牛奮蹄開錦繡　　牛耕沃野揚長去
乳虎添翼會風雲　　虎嘯群山大步來

金牛送舊千家樂　　幹元啟運三陽泰
玉虎迎新萬戶歡　　斗丙回寅萬戶春

門庭虎踞平安歲　　人逢盛世精神壯
柳浪鶯歌錦繡春　　虎躍奇峰氣勢雄

門浴春風梅吐豔　　人間喜慶康平世
戶生虎氣鳥爭鳴　　虎歲承歡幸福春

年逢寅虎群情奮　　人入虎年鼓虎勁
歲別丑牛大地春　　門添春色發春輝

牛肥馬壯豐收歲　　人添志氣虎添翼
虎躍龍騰大有年　　雪舞豐年燕舞春

牛肥馬壯家家富　　人效黃牛心自貴
虎躍龍騰處處春　　歲朝寅虎勁更高

牛奮千程榮盛世　　山明水秀風光麗
虎馱五福賀新春　　虎躍龍騰日月新

牛奮四蹄開錦繡　　四海龍騰抒壯志
虎添雙翼會風雲　　千山虎嘯振雄風

四海三江春氣息　　春雷巨響山河動
千家萬戶虎精神　　月夜旋風草木飛

四海笙歌迎虎歲　　電閃金光誇五色
九州英傑躍鵬程　　雷鳴巨吼動千山

新年捷報虎添翼　　皆稱飛虎一身膽
大路朝陽馬奮蹄　　不負英雄千古名

興偉業仍須牛勁　　龍騰虎躍人間景
展宏圖更壯虎威　　鳥語花香天地春

一代英豪生虎氣　　嘯一聲驚天動地
三春楊柳動鶯歌　　睜雙眼照耀乾坤

英雄時代英雄業　　雲噴筆花騰虎豹
龍虎精神龍虎年　　雨翻墨浪走蛟龍

鶯歌燕舞新春日　　致富脫貧添虎翼
虎躍龍騰大治年　　開山治水展鵬程

迎春節鶯歌遍地　　春風浩蕩花香鳥語
興中華虎勁沖天　　歲月崢嶸虎躍龍騰

宅後青山金虎踞　　虎躍龍騰九州煥彩
門前綠水玉龍盤　　風調雨順五穀豐登

百尺飛泉鳴震谷　　牛奔福地普天獻瑞
一聲長嘯勢驚天　　虎臥華堂滿院生輝

勢如破竹人歡馬叫　　瑞雪兆豐年年年大吉
安若泰山虎踞龍盤　　丑牛接寅虎虎虎生威

春到人間虎虎添生氣　　歲月逢春山河添錦繡
日煊赤縣熊熊炳壯姿　　人民思治龍虎振精神

白虎替青牛招財進寶　　效虎豪吟放懷歌富歲
黃鶯鳴翠柳辭舊迎新　　聞雞起舞揮筆頌春光

虎躍龍騰創人間奇跡　　祖國騰飛大鵬振羽翼
鶯歌燕舞描大地春光　　宏圖再展乳虎顯神通

虎躍龍騰有天皆麗日　　迎虎年敢逐改革攔路虎
花香鳥語無地不春風　　送牛歲勇當奉獻老黃牛

花團錦簇江山添異彩　　迎新春處處呈文明氣象
虎嘯龍吟華夏壯神威　　入虎歲人人當改革先鋒

金牛辭舊攜凱歌而去
乳虎迎春帶捷報新來

栽竹栽松竹隱鳳凰松隱鶴
培山培水山藏虎豹水藏龍

虎躍龍騰碧海黃山妝玉宇
鶯歌燕舞春風旭日蔚神州

虎躍龍騰華夏人民多俊傑
鶯歌燕舞陽春山水盡朝暉

歲步寅年喜慶團圓同把酒
珠還合浦歡歌一統共迎春

虎年喜虎勁攻關奪隘皆如虎
春節煥春光繡水描山總是春

牛年雖過去牛勁更增多奉獻
虎歲喜臨門虎威大振有精神

憶舊歲牛勁沖霄漢神鞭一指神州巨變
看今朝虎威壯中華眾志成城經濟騰飛

4. 兔年春聯

無心甘兔守　　　　紅梅香小院
有志躍龍門　　　　玉兔下人間

喜玉兔奮起　　　　紅梅迎歲笑
祝巨龍騰飛　　　　玉兔伴娥歡

卯門生紫氣　　　　紅梅迎雪放
兔歲報新春　　　　玉兔踏春來

丁年歌盛世　　　　虎去雄風在
卯兔耀中華　　　　兔來喜氣濃

耕田能獲寶　　　　虎聲傳捷報
養兔不守株　　　　兔影抖春暉

虎威驚盛世
兔翰繪新春

紅梅香小院
玉兔下人間

虎躍前程去
兔攜好運來

紅梅迎歲笑
玉兔伴娥歡

金雞迎曙色
玉兔攬春光

紅梅迎雪放
玉兔踏春來

金雞爭唱曉
玉兔喜迎春

虎去雄風在
兔來喜氣濃

寅年春錦繡
卯序業輝煌

虎聲傳捷報
兔影抖春暉

玉兔蟾宮笑
紅梅五嶺香

虎威驚盛世
兔翰繪新春

玉兔迎春到
紅梅祝福來

虎躍前程去
兔攜好運來

玉兔迎春至
黃鶯報喜來

金雞迎曙色
玉兔攬春光

丁年歌盛世
卯兔耀中華

金雞爭唱曉
玉兔喜迎春

耕田能獲寶
養兔不守株

兔毫推趙地
麟管錫張華

寅年春錦繡
卯序業輝煌

玉兔蟾宮笑
紅梅五嶺香

春自卯時報起
福由兔口銜來

虎去猶存猛勁
兔來更顯奇才

春自寒梅報起
年從玉兔迎來

虎去猶留猛勁
兔來更顯捷才

虎去猶存猛勁
兔來更顯奇才

虎嘯凱歌一曲
兔奔喜報九州

常在蟾宮攀桂樹
今臨禹甸送豐年

東風放虎歸山去
明月探春引兔來

虎奔千里留雄勁
兔進萬家報吉祥

虎過關山添活力
兔攀月桂浴春暉

丁簾卷雨饒春意
卯酒盈杯祝豐年

東風放虎歸山去
明月探春引兔來

虎奔千里留雄勁
兔進萬家報吉祥

虎過關山添活力
兔攀月桂浴春暉

虎年喜結豐收果
兔歲欣開幸福花

虎年已去春風暖
兔歲乍來喜氣濃

虎去雄風驚五嶽
兔開健步躍三江

虎歲揚威興駿業
兔毫著彩繪宏圖

虎歲揚威興駿業
兔年獻彩立新功

虎越雄關蹤影去
兔臨春境曉光新

虎振雄風留浩氣
兔迎盛世蔚新春

虎走三關雞報曉
兔升九域鹿鳴春

虎振雄風留浩氣
兔迎盛世啟新程

歡送戊寅豐稔歲
喜迎乙卯幸福春

深山虎嘯雄風在
綠野兔奔美景來

金杯醉酒乾坤大
玉兔迎春歲月新

虎去雄風鎮五嶽
兔生瑞氣秀三春

金虎騰躍風流世
玉兔笑迎錦繡春

虎歲剛飲祝捷酒
兔年又放報春花

卯時美景花方豔
兔歲良辰酒更醇

虎歲歡歌香港返
兔年喜慶澳門歸

卯至東方蓬勃日
兔來華夏振興時

虎歲三十爆竹脆
兔年初一對聯紅

山中虎嘯昌新運
月裡兔歡啟宏圖

虎尾回頭添勝利
兔毫紫筆寫風流

歲歲痛飲祝捷酒
兔年怒放報春花

虎嘯深林增瑞氣
兔馳沃野益新風

兔奔千里傳春信
龍起九霄壯國威

兔躍千山傳喜訊　　月裡嫦娥舒袖舞
龍騰萬里展英才　　人間玉兔報春來

喜對良宵玩玉兔　　月中玉兔下凡界
笑同勝友賞新春　　陌上金雞報曉春

豔陽高照門庭瑞　　虎嘯群山辭舊歲
玉兔喜臨世紀新　　兔奔匝地慶新春

寅去卯來騰瑞氣　　深山虎嘯雄風在
虎歸兔到發祥光　　綠野兔奔好景來

玉戶臨風迎兔入　　喜兔年初露春色
高樓攬月接春來　　繼虎歲大展宏圖

玉兔報春田野綠　　虎歲揚威興駿業
金雞唱曉豔陽紅　　兔毫著彩繪宏圖

玉兔毫光生紫氣　　虎歲揚威興駿業
金龍捷足入青雲　　兔年獻彩立新功

玉兔歡奔芳草地　　虎振雄風留浩氣
金烏騰躍碧雲天　　兔迎盛世蔚新春

玉兔機靈承虎氣　　虎振雄風留浩氣
金烏活躍顯獅威　　兔迎盛世啟新程

玉兔月中勤搗藥　　深山虎嘯雄風在
金牛地上恪耕田　　綠野兔奔美景來

虎嘯千山聲聲響應　　　　送虎歲盈盈碩果山村景
兔馳萬里步步騰飛　　　　迎兔年麗麗宏圖祖國春

春歸月殿鐘催玉兔　　　　兔歲初臨健步已馳千里
譽滿中華鼓舞金龍　　　　虎年雖去雄風猶鎮八方

春回大地百花吐豔　　　　送金虎碩果豐收千里豔
兔躍青山萬物生輝　　　　迎玉兔宏圖再展萬年青

日暖福州春暉萬里　　　　北斗回寅萬戶金雞爭唱曉
兔回大地氣象一新　　　　東風送暖九霄玉兔喜迎春

送虎歲共慶山河壯　　　　虎慢歸山因貪人間好春色
迎兔年齊歌業績新　　　　兔急下界為覽世上新畫圖

玉兔出行滿天春色　　　　玉兔出宮傾慕人間春色美
山君歸隱一路雄風　　　　金龍潛海暢遊祖國江山嬌

抗洪搶險虎年呈異彩　　　　虎歲三十爆竹聲聲辭舊歲
創業興家兔歲立新功　　　　兔年初一紅聯對對迎新年

5. 龍年春聯

藏龍臥虎　　　　龍騰翻巨浪
人傑地靈　　　　虎嘯動春雷

況逢龍歲　　　　萬眾思改革
絕勝鵬搏　　　　群龍志騰飛

燕語新華喜
龍騰大地春

雄獅競舞中華志
巨龍騰飛民族魂

八面威風增國力
九州春色啟龍年

百尺高梧棲彩鳳
萬川匯海起蛟龍

報春樂曲神龍吟
強國宏圖眾手描

北海雲生龍對舞
丹山日上鳳雙飛

筆架山高才氣現
硯池水滿墨龍飛

筆走神龍大手筆
春歸盛世好青春

筆走神龍憑大手
詩流雅韻有高人

碧海驚濤龍獻瑞
蒼梧茂葉鳳呈祥

才聞兔歲凱旋曲
又唱龍年祝福歌

彩鳳來儀迎大治
金龍起舞慶新春

蒼龍半掛秦川雨
石馬長嘶漢苑風

蒼龍日暮還行雨
老樹春深更著花

蒼梧拔地棲金鳳
碧海連天潛玉龍

辰居其所眾星拱
龍騰於天萬國欽

辰年迪吉千重瑞
龍歲呈祥四季寧

辰日一輪馳浩宇
龍年百業壯中華

赤兔追風千里志
金龍拱日萬家春

出海神龍開世紀
揮毫妙筆頌春秋

春到人間爭虎躍
喜傳域外慶龍飛

春光明媚江山上
龍虎騰飛事業中

春節迎來春氣象
龍年抖擻龍精神

春日春風春浩蕩
龍年龍歲龍騰飛

春雨多情綠大地
金龍展志壯神州

大業功成驚世界
巨龍飛躍盛中華

大丈夫無須待兔
有志者必定騰龍

大治鳳鳴尤樂耳
小康龍舞更開心

丹鳳朝陽歌盛世
蒼龍布雨潤神州

丹霞瑰麗神龍舞
大路康莊駿馬馳

動地驚天龍氣象
錦山繡水鳳文章

風發龍門春浪暖
日臨雁塔曉雲開

風來松度龍吟曲
雨過庭餘鳥跡書

改革迎來金虎嘯
開放喜看玉龍騰

剛唱兔歲歌一曲
又飲龍年酒三杯

庚呈瑞彩迎春節
辰綻聯花拓盛元

庚序開元民奮發
辰年啟泰國騰驤

國策英明增國力
龍年飛躍展龍圖

國富民殷龍獻瑞
年豐物阜鳳還巢

國運國興憑國策
龍飛龍躍靠龍人

海闊何愁龍躍水　　　揮毫鳳舞千山秀
山高豈妒鳳朝陽　　　潑墨龍飛萬水騰

虎嘯無弦驚海宇　　　繪龍圖銘心濟世
龍吟有意動河山　　　存虎膽立志興邦

虎躍龍騰歡盛世　　　江河湖海憑龍躍
鶯歌燕舞賀新春　　　山嶽峰巒任虎行

戶吉家祥歌且舞　　　江山故國堪留鶴
龍盤虎踞慨而慷　　　華夏高天可騰龍

花柳春風催燕舞　　　江山故國堪留鶴
英雄祖國盼龍飛　　　華夏昊天可躍龍

華堂戲燕春風暖　　　江山秀麗神龍舞
盛世騰龍國色嬌　　　道路逶迤駿馬馳

華夏龍騰金鼓壯　　　江山依舊龍盤踞
新春馬躍玉珂鳴　　　世紀更新國富強

華夏龍騰金鏊壯　　　蛟龍出海迎紅日
神州兔躍玉倉盈　　　紫燕歸門報早春

華夏揚威驚世界　　　蛟龍騰海風雷激
巨龍昂首恃風雷　　　鶯燕鬧春楊柳青

黃龍行雨騰滄海　　　金龍報春春風暖
紫鳳駕雲上碧霄　　　鐵手造福福氣濃

金龍出海迎新歲
彩鳳朝陽賀小康

金龍鬧海春潮湧
喜鵲登枝福韻高

金龍獻瑞蘇千里
綠柳迎春樂萬家

錦繡山川春色繡
奔騰江海巨龍騰

九九祥雲舒玉兔
千千情結繫金龍

九天攬月中華志
四海騰龍民族魂

九州麗日迎新紀
四海龍吟樂大年

巨龍騰躍中華志
猛虎催嘯民族魂

刻翠裁紅新格調
屠龍刺虎好文章

快抓良機辭兔歲
欣承國運展龍圖

況向長征馳赤兔
敢為四化縛蒼龍

浪翻南海潛龍至
風振紫霄翔鳳歸

蓮花錦地歌媽祖
荊樹光天頌九龍

煉塔淩空榮廣宇
油龍出海壯神州

兩袖清風龍虎懼
一身正氣鬼神驚

龍步青雲酬壯志
鵬飛碧宇覽神州

龍從百丈潭中起
春自千重錦上來

龍開盛紀新春麗
國展宏圖大業嬌

龍門麗景催魚躍
祖國宏圖任我描

龍門一跳迎新歲
燕子雙飛報好音

龍省龍年龍起舞
虎林虎地虎飛騰

龍騰華夏金鰲壯
春暖虞唐草木榮

龍歲初臨勤努力
辰光正亮著先鞭

龍騰華夏鐘靈地
德啟門庭毓秀人

龍歲迎來新世紀
鶯歌唱出好春光

龍騰盛世千家喜
春滿神州萬物榮

龍騰廣宇添新秀
兔麗長河展壯圖

龍騰濤海易天曆
虎變風雲駕海虯

龍騰虎躍春光好
鳥語花香世紀新

龍騰偉業超千古
鵬舞雄姿搏九霄

龍騰虎躍風雲壯
物阜年豐國運昌

龍騰喜浪迎新紀
兔樂豐倉送舊年

龍騰虎躍光明地
海晏河清錦繡天

龍騰霄漢開新宇
鵲立梅梢報福音

龍騰虎躍鬧春意
人壽年豐謝國恩

龍騰霄漢開新運
鵲立枝頭報好音

龍騰虎躍新世紀
年富力強好時光

龍騰新紀百年好
馬躍長征萬里遙

龍騰虎躍興大治
燕舞鶯歌慶升平

龍騰雲海國昌盛
春滿人間民泰安

龍興陽動乾坤曉
政協人和天地春

民情雀躍符民意
國步龍騰壯國威

龍縈華表沖霄漢
兔降葡旗別澳門

民族振興增國力
中華崛起賴龍人

龍遊滄海江湖小
獅醒神州世界驚

明山臥虎吉祥地
麗水騰龍錦繡程

龍種自與常人殊
鵬鳥豈堪同日語

鳥鳴春日驚山水
魚躍龍門動地天

龍族喜迎千禧歲
華人歡度萬榮春

七彩雲霞鋪錦繡
一池翰墨舞龍蛇

梅花香遍神州地
龍步震開盛紀春

七五征程如奔兔
三中偉業勝騰龍

梅柳三春飛雛燕
炎黃一脈是神龍

千家福氣金龍降
萬里春光紫燕銜

梅為春意賦新意
雪向龍年報豐年

千里雲霞輝大地
萬般氣象壯龍年

梅為小院添春色
鵲向龍年報好音

千秋事業神龍舞
一代風流駿馬馳

門對龍山門進寶
戶栽花樹戶生輝

千禧龍年歌盛世
萬家燈火慶新春

千尋鳳閣攀雲上
五色龍江抱江流

世紀風雲龍際會
春風楊柳燕剪裁

青雲浩氣騰龍步
捷報宏圖振國威

世紀更新龍出海
春光煥彩燕銜泥

人心思治江山固
國步騰龍世紀新

世紀圖騰龍翹首
中華崛起國揚眉

人心向党人承福
國步騰龍國更強

書因鳥跡方成篆
文是龍心不待雕

日麗三江金鳳舞
虹飛五嶽巨龍騰

四化征途加馬力
三陽開泰頌龍年

如意春風催虎嘯
吉祥雲彩壯龍騰

送玉兔吳剛捧酒
駕金龍敖廣獻珠

瑞靄滿堂年喜慶
神龍鬧海世清明

歲降金龍蒙化雨
年逢惠政沐春風

詩畫滿園鋪錦繡
風雷動地走龍蛇

天地神龍開盛紀
人間紫燕舞新春

獅醒九州驅虎豹
龍騰四海息風波

兔辭勝歲傳佳話
龍奮新程建大功

世紀春光輝大地
江山國色舞神龍

兔毫描繪江山畫
龍目樂觀世紀春

兔年捷報驚世界
龍歲雄風震乾坤

喜慶爆竹送玉兔
吉祥梅花迎金龍

兔隨冬去留春意
龍伴春來壯畫圖

喜兔歲九州豐稔
願龍年百業昌榮

萬里春風蘇綠野
八方喜雨起蒼龍

小康歲月多春意
大澤蟄龍起泰山

萬水千山憑虎躍
五湖四海任龍騰

欣看大地千重秀
笑望巨龍四海飛

萬物呈祥榮盛世
九龍獻瑞慶良辰

欣聞禹域鳴雛鳳
喜看神州起臥龍

唯大英雄能伏虎
是真豪傑乃降龍

新歲迎來新世紀
大龍譜寫大文章

無邊春色來天地
有志金龍越古今

幸福家庭龍虎臥
文明宅第子孫賢

昔年虎嘯千山壯
今日龍騰四海春

旭日東昇丹鳳舞
中華崛起巨龍飛

喜報人間曾伏虎
新開世紀正騰龍

學海潮頭龍影動
書山路上鳳聲高

喜看龍年花千樹
笑飲改革酒一杯

燕舞鶯歌相比美
龍騰虎躍競爭先

一代龍人開盛紀
九州大地起宏圖

一聯壯我楹間色
萬里騰龍海內春

一片驚濤龍出海
八方錦繡燕銜春

一元復始龍增歲
萬物生輝燕報春

已去庚來騰瑞氣
卯歸辰至發祥光

英雄兒女鯤鵬志
錦繡江山龍虎姿

英雄自有淩雲志
時代呼喚潛海龍

鶯歌燕舞春光美
虎躍龍騰國事興

迎龍年唯求國利
喜新政只為宜民

魚躍龍門千業振
民奔富路萬家歡

魚躍鳶飛驚海宇
龍吟虎嘯吒風雲

玉兔呈歡辭舊歲
神龍躍起展鴻猷

玉兔呈祥留碩績
金龍獻瑞創輝煌

玉兔辭年傳吉利
金龍賀歲保平安

玉兔回宮留福澤
金龍下界沐禎祥

玉兔回宮攀月桂
金龍浴日上雲霄

玉兔升騰蟾闕裡
金龍飛舞彩雲間

雲近紫台龍虎氣
春回青苑鳳麟遊

雲靈化鶴人增壽
海嘯騰龍國有威

雲龍上下馳東野
雪鶴飛揚入北山

指點江山揚國粹　　　　門對龍山門進寶
筆揮風雨走龍蛇　　　　戶栽花樹戶生輝

中華兒女鯤鵬志　　　　柏葉為銘椒花獻瑞
祖國江山龍虎姿　　　　龍纏肇歲鳳紀書元

中華民族龍傳世　　　　璧合金甌神州煥彩
百鳥成群鳳向陽　　　　龍騰玉宇世紀更新

中華躍日神龍舞　　　　大地春回鳳鳴盛世
大地迎春紫燕飛　　　　中華崛起龍有傳人

中華振興巨龍舞　　　　大業中興宏圖再展
大地煥然萬象新　　　　神龍起舞祖國長春

裝點江山憑妙手　　　　華夏龍騰春暉無限
更新世紀在龍年　　　　神州虎躍氣象萬千

紫氣繚桐招鳳落　　　　錦繡前程龍騰虎躍
春雷帶雨壯龍騰　　　　輝煌勝紀燕舞鶯歌

紫微祥氣騰龍態　　　　龍的傳人強邦富國
偉業宏圖壯國威　　　　春之使者潤土豐年

紫燕飛來尋玉兔　　　　龍鳳炳文神州煥彩
黃鸝唱起戲金龍　　　　鯤鵬展翅華夏騰飛

紫燕庭前傳吉語　　　　龍鳳呈祥陽春錦繡
金龍戶外報佳音　　　　鯤鵬展翅華夏騰飛

龍啟吉祥雲蒸霞蔚
花開富貴人壽年豐

虎躍龍騰建功九萬里
鶯歌燕舞造福兩千年

龍上高天鳳翔過樹
春盈大地花漫神州

起鳳騰龍千家爭貢獻
移山填海十億盡風流

龍騰雲海鳳翔天宇
春滿江山花漫神州

四柱擎天看神州巨變
五星煥彩引玉龍騰飛

龍鍾傳技不留一手
老樹著花貴有繁枝

喜氣滿庭階春來福地
凱歌傳江海魚躍龍門

綠抹柳梢紅燃花萼
春臨世界喜降人間

玉兔回宮喜迎新世紀
金龍下界更展大宏圖

四柱擎天九龍騰躍
八仙過海百姓安康

百鳥鳴春堪喜人間換歲
群龍獻瑞欣逢世紀更新

兔騰大地清輝萬里
龍舞長空捷報千傳

南疆雨北國風風調雨順
東海龍西山鳳鳳舞龍飛

吞雲吐霧金龍崛起
展志舒情彩鳳騰飛

為國爭光可上九天攬月
給民造福敢入四海擒龍

百姓喜金甌同歌寶鼎
九州辭玉兔共接神龍

玉兔回蟾宮長空懸朗月
金龍上華表大地慶新春

東海躍明珠金龍獻歲
南天開淑景俊鳥鳴春

爆竹飛花四海升平慶富庶
金龍獻瑞九州歡樂唱豐年

爆竹迎春春光明媚人心暢　　龍虎精神龍子龍孫功不減
金龍還世世紀嶄新國力雄　　江山錦繡江南江北水長流

藏龍臥虎華夏大地春常地　　龍鬧北溟千里冰淩千里雪
人傑地靈文明古國盡朝暉　　春回南嶺萬枝火桔萬枝梅

改天換地獅嘯八荒光八極　　龍年龍裔看龍舞龍飛天上
攬月摘星龍吟九派熠九州　　春節春風送春光春滿人間

鼓角爭鳴跨紀龍驤騰熱浪　　龍種自與常人殊況逢龍歲
旌旗漫捲開元虎步舞長風　　鵬鳥豈堪同日語絕勝鵬搏

虎步龍驤共創九州新世紀　　歲居龍年好跳龍門題雁塔
鶯歌燕舞同觀四海好風光　　身彌虎勁敢憑虎膽占鼇頭

虎將三千曾馭紅鬃還伏虎　　天下皆春長街喜看龍燈舞
龍人十億才跨赤兔又乘龍　　人間改歲小院欣聞爆竹鳴

華夏龍騰長城內外皆春色　　兔臥藍田萬里春風舒碧野
神州虎躍大江南北盡朝暉　　龍騰玉宇千家笑語樂新程

華夏騰飛時勢造就新業績　　兔躍龍騰瑞盈玉宇天光麗
巨龍昂首英雄獨領好風騷　　珠還璧合春滿金甌世紀新

畫海詩天神州美景能人繪　　兔走烏飛大舞兔毫辭兔歲
雲龍山虎禹甸宏圖巧手描　　龍騰虎躍敢攀龍角接龍年

荊豔蓮香龍國迎春花織錦　　物華天寶欣聞禹域鳴雛鳳
日新月異宏圖煥彩景迷人　　人傑地靈喜看神州起臥龍

喜值龍年經濟騰飛增國力　　玉兔歸時羨慕人間春色美
樂迎盛世人民幸福煥春光　　金龍躍處喜看華夏畫圖新

繡水描山神州大地春常在　　玉兔回宮永羨人間春色舞
藏龍臥虎盛世人家福永存　　金龍獻歲常牽天際彩雲歸

玉兔歸宮新春喜氣連天外　　玉兔追風喜接澳門歸祖國
金龍出海改革波瀾動地來　　金龍運氣宏開新紀寫春光

爆竹辭舊歲玉兔毫光生紫氣
華燈照新春金龍捷足步青雲

改革奏凱歌虎躍龍騰強盛景
文明開新局鶯歌燕舞太平春

海是龍故鄉龍騰海宇龍光起
春為燕天地燕舞春風燕語新

海是龍故鄉龍騰海宇龍興起
春為花世界花吐春光花盛開

虎躍龍騰萬里長征風光無限
花香鳥語九州大地春色正濃

卯歲展宏圖五湖四海歌大有
辰年逢盛世千村萬戶講文明

龍種自與常人殊，況逢龍歲
鵬鳥豈堪同日語，絕勝鵬搏

物華天寶，欣聞禹域鳴雛鳳
人傑地靈，喜看神州起臥龍

藏龍臥虎，華夏大地春常地
人傑地靈，文明古國盡朝暉

歲屬龍龍布雨雨順風調呈稔歲
春迎燕燕銜花花團錦簇賀新春

龍鍾傳技不留一手，燕語新華喜
老樹著花貴有繁枝，龍騰大地春

巨龍迎盛世狂歡爆竹聲聲辭舊歲
喜鵲羨故園起舞梅花朵朵報新春

來自雲天出角露牙與虎幾番爭鬥
興於河海負圖銜甲同馬一樣精神

玉兔歡奔金鳥飛飛向春光明媚處
雄獅抖擻巨龍舞舞來華夏太平年

真豪傑無私無畏敢鋸尊龍頭上角
是英雄有膽有識能拔猛虎口中牙

巨龍淩空雄獅拜地爆竹聲聲辭舊歲
紫燕展翅綠柳吐絲梅花朵朵迎新春

龍游東海馬放南山龍馬精神傳萬代
虎嘯西岡牛耕北國虎牛威力震千秋

綠抹柳梢紅燃花萼燕舞鶯歌相比美
春臨世界喜降人間龍騰虎躍競爭先

大地早回春處處春光好莫把青春負了
龍年多造福人人福中過坐享清福行嗎

玉兔走金鳥飛走走飛飛飛向春光明媚處
雄獅歡巨龍舞歡歡舞舞舞出華夏壯美麗

綠抹柳梢，紅燃花萼，燕舞鶯歌相比美
春臨世界，喜降人間，龍騰虎躍競爭先

玉兔走，金鳥飛，走走飛飛，飛向春光明媚處
雄獅歡，巨龍舞，歡歡舞舞，舞出華夏壯美麗

6. 蛇年春聯

馮婦無憾重伏虎　　　金蛇狂舞迎春曲
顛客逞能贅畫蛇　　　丹鳳朝陽納吉圖

庚辰勝歲堂堂去　　　金蛇狂舞迎新紀
辛巳芳春鼎鼎來　　　瑞雪紛飛兆好年

金山水漫雙蛇舞　　　金蛇妙舞隨金馬
綠野春歸百鳥鳴　　　玉律清音溢玉堂

金蛇狂舞豐收曲　　　金蛇披彩新春到
玉燕喜迎幸福春　　　喜鵲登梅幸福來

金蛇起舞春雷動
玉盞飛觴臘酒香

九州崛起龍蛇舞
十億騰飛騏驥歡

靈蛇出洞吐春意
喜鵲登梅報福音

靈蛇飛舞千山秀
神駿奔騰九野新

靈蛇起舞迎新紀
快馬加鞭奔富途

靈蛇有意降春雨
綠葉無私綴牡丹

龍抖雄姿歸大海
蛇含瑞氣報年華

龍歸碧海波濤舞
蛇到青山草木新

龍回海底欣迎歲
蛇出山穴喜報春

龍留瑞氣常縈戶
蛇報福音久駐門

龍年共慶輝煌日
蛇歲同奔錦繡程

龍年國展騰飛志
蛇歲民抒奮發情

龍去蛇來吟古韻
鶯歌燕舞譜新章

龍蛇共舞三春景
鶯鳳齊鳴四海祥

龍蛇競舞春光豔
騏驥爭馳淑景新

龍歲已開新世紀
蛇年又展好春光

龍騰大地春陽麗
蛇舞神州勝紀新

龍騰廣宇江山麗
蛇舞神州歲月新

龍騰華夏春光麗
蛇蟄神州福氣濃

龍騰九域千年禧
蛇舞三春萬象新

龍騰盛世千年瑞
蛇舞神州萬代榮

龍騰宇際春爛漫
蛇步錦程業輝煌

龍戲寶珠辭舊歲
蛇銜瑞草賀新春

金蛇狂舞春添彩
紫燕翻飛柳泛青

龍歲才舒千里目
蛇年更上一層樓

龍吐寶珠辭舊歲
蛇含瑞氣賀新春

八法龍蛇尋奧妙
萬方翰墨出精微

筆走龍蛇資雅韻
詩題福壽賀新春

辰歲騰飛驚廣宇
巳年奮搏震寰球

城鄉改革龍蛇舞
梅柳爭春世紀新

出常山而雄歲月
騰大澤以壯神州

春風送暖蛇年好
瑞氣盈門鵲語香

春花吐豔蛇生瑞
芝草含嫣鹿啟祥

春意盎然蛇起舞
民情振奮燕翻飛

大業中興新世紀
宏圖再展小龍年

大展宏圖華夏偉
新開世紀小龍飛

大治山河鋪錦繡
小龍日月更輝煌

當代精英抒壯志
蛇年禹甸起宏圖

當代英雄驅虎豹
嶄新世紀舞龍蛇

豐年盛景龍蛇舞
新歲春光彩蝶飛

豐稔龍年留喜氣
小康蛇歲溢春潮

豐收喜訊龍剛報
長壽靈芝蛇又銜

風調雨順年豐稔
龍去蛇來歲吉祥

風光無限蛇開泰
事業有為國展姿

風華正茂青春美
蛇歲呈歡世紀新

龍戲高天魚戲水
蛇游大澤燕遊春

龍興大業開新紀
蛇舞陽春奏凱歌

龍昭日月雄風在
蛇壯山河銳意增

綠水歡歌歌盛紀
銀蛇起舞舞新春

去年龍蟄千重景
今日蛇迎四海春

人懷壯志江山秀
蛇報新春世紀新

山高水遠人增志
蛇接龍年地滿春

山歡水笑普天樂
龍去蛇來遍地春

山蛇起舞雲行雨
喜鵲爭鳴雪點梅

山舞銀蛇春爛漫
路馳駿馬景妖嬈

山舞銀蛇迎巳歲
原馳蠟象送辰年

蛇年四季百花豔
燕影千家五穀豐

蛇年喜慶豐收景
燕語歡歌幸福家

蛇獻金珠龜獻壽
鳥鳴玉宇鹿鳴春

蛇獻靈芝長壽草
民歡富裕小康年

蛇行瑞氣增春色
人展宏圖壯國威

天地迎春棄舊貌
龍蛇接力展宏圖

盛世龍騰留偉業
新年蛇舞起宏圖

天藍水碧青蛇降
柳綠桃紅紫燕飛

世紀門前蛇起舞
梧桐樹上鳳呈祥

天浴朝陽蓬勃氣
蛇含芝草吉祥年

世紀神州添錦繡
蛇年偉業更輝煌

天增歲月開新紀
春滿乾坤舞小龍

壽草驚蛇開眼綠
春花惹蝶向陽紅

天征瑞象迎新歲
山舞銀蛇慶早春

四海龍騰佳日去
千年蛇蟄早春來

龍昭日月雄風在
蛇壯山河銳意增

四野蛇呈豐稔景
萬民雀躍豔陽天

綠水歡歌歌盛紀
銀蛇起舞舞新春

歲辭大澤春風勁
人舞小龍世紀新

去年龍蟄千重景
今日蛇迎四海春

歲辭龍尾春光好
山舞蛇姿景色新

人懷壯志江山秀
蛇報新春世紀新

歲去年來新換舊
龍潛蛇舞景成春

人民有福歌新政
祖國長春舞小龍

山高水遠人增志
蛇接龍年地滿春

蛇獻靈芝長壽草
民歡富裕小康年

山歡水笑普天樂
龍去蛇來遍地春

蛇行瑞氣增春色
人展宏圖壯國威

山蛇起舞雲行雨
喜鵲爭鳴雪點梅

盛世龍騰留偉業
新年蛇舞起宏圖

山舞銀蛇春爛漫
路馳駿馬景妖嬈

世紀門前蛇起舞
梧桐樹上鳳呈祥

山舞銀蛇迎巳歲
原馳蠟象送辰年

世紀神州添錦繡
蛇年偉業更輝煌

蛇年四季百花豔
燕影千家五穀豐

壽比青松福比海
蛇盤玉兔鵲盤梅

蛇年喜慶豐收景
燕語歡歌幸福家

四海龍騰佳日去
千年蛇蟄早春來

蛇獻金珠龜獻壽
鳥鳴玉宇鹿鳴春

7. 馬年春聯

花開天下福
馬躍人間春

花香招鳥語
馬躍起龍圖

花綻春光譜　　　　　聞雞思奮發
馬馳中國風　　　　　躍馬抖精神

金蟒穿雲去　　　　　聞雞先起舞
紫騮踏雪來　　　　　躍馬共迎春

揚鞭催駿馬　　　　　共鶯傳捷報
把酒會春風　　　　　赤兔踏春光

乘風騰駿馬　　　　　鯤鵬飛玉宇
興國舞神龍　　　　　騏驥躍神州

春新門載福　　　　　群星瞻北斗
志遠馬揚蹄　　　　　萬馬嘯東風

海闊憑魚躍　　　　　蛇舞長城雪
路遙任馬馳　　　　　馬嘶北國風

駿馬生雙翼　　　　　蹄花沾曉露
鴻圖壯九州　　　　　柳浪飾春風

臘鼓催青駿　　　　　雪中飛赤兔
春風策紫騮　　　　　月下趕黃驃

柳綠春江月　　　　　燕鶯新氣象
旗紅駿馬圖　　　　　龍馬壯精神

柳營晨試馬　　　　　人飲春節酒
虎帳夜談兵　　　　　馬渡風月關

凱歌送舊歲
駿馬迎新春

萬馬奔騰日
九州幸福春

三春播喜氣
萬馬蕩雄風

百花開錦繡
萬馬起雲煙

三春開盛紀
萬馬闖雄關

豐年飛瑞雪
駿馬躍長征

一堂開淑景
萬馬會新春

風度竹流韻
馬馳春作聲

馬踏春錦繡
鶯歌世風流

立馬崑崙小
騰龍世紀新

馬騰改革路
國展富強圖

立馬千山矮
迎春萬木榮

馬嘯關山月
鶯歌楊柳春

迎春燕語巧
踏雪馬蹄香

馬躍康莊道
人迎幸福春

雲霞出海曙
駿馬躍關山

馬躍陽關道
春回楊柳枝

壯士喜駿馬
紅花愛英雄

萬馬奔騰日
千門幸福春

春拂芬芳地
馬奔錦繡程

春來山水秀　　　春到紅鬃馬上
馬躍路途寬　　　喜臨綠柳門前

春色綠千里　　　春到江南塞北
馬蹄香萬家　　　馬騰正氣清風

神鞭催駿馬　　　駿馬秋風薊北
祖國壯金甌　　　杏花春雨江南

大地生香吐豔　　　留下小龍勝景
神州躍馬爭春　　　迎來駿馬新春

飛雪片片凝瑞
馬蹄聲聲報春

日麗風和景豔
人歡馬叫春新

雪瑞年豐福滿
人歡馬叫春濃

天馬橫空出世
臘梅傲雪迎春

大地生香吐豔
神州躍馬爭春

雪片紛紛凝瑞
馬蹄得得報春

飛雪片片凝瑞
馬蹄聲聲報春

雪瑞年豐福滿
人歡馬叫春濃

人得春風牛得草
國揚威力馬揚蹄

春到紅鬃馬上
喜臨綠柳門前

人歡馬叫豐收歲
獅舞龍騰改革潮

春到江南塞北
馬騰正氣清風

人歡馬叫升平世
燕語鶯歌錦繡春

駿馬秋風薊北
杏花春雨江南

十分春色輝天地
萬馬蹄花入畫圖

尚存金蛇靈氣
重振龍馬精神

十里早鶯鳴暖樹
一群駿馬躍雄關

天馬橫空出世
臘梅傲雪迎春

一代英豪圖偉業
九州駿馬踏雄風

雪片紛紛凝瑞
馬蹄得得報春

改革新潮催駿馬
振興大業起宏圖

偉業千秋人奮志　　　　金蛇喜舞九州富
征途萬里馬嘶風　　　　駿馬歡騰四海春

迎春策馬聲威壯　　　　青春壯麗輝天地
破浪揚帆氣勢雄　　　　騏驥奔騰向未來

壯志淩雲振鵬翼　　　　英雄駿馬奔千里
揚鞭催馬奔征程　　　　浩蕩春風暖萬家

伯樂明眸識好馬　　　　英雄魄力驚天地
良才妙手展宏圖　　　　龍馬精神貫古今

花柳新春鶯燕舞　　　　春風得意人得志
風雲盛世駿騏馳　　　　駿馬揚蹄國揚威

花木向陽春不老　　　　春風化雨芭蕉翠
驊騮開道景無邊　　　　駿馬登程楊柳青

時代強音催快馬　　　　春風送暖花千樹
中華特色壯金甌　　　　駿馬揚蹄路萬程

揚鞭策馬開新紀　　　　春天點點芭蕉雨
立志興邦展壯猷　　　　馬步聲聲楊柳風

奔騰駿馬馳大道　　　　金蛇狂舞九州景
浩蕩春風遍神州　　　　駿馬歡騰四海春

金戈鐵馬奔大道　　　　春返神州舒畫卷
碧血丹心獻中華　　　　馬騰盛世入詩篇

春風萬里辭蛇歲
笑語千家入馬年

綠水青山迎寶馬
紅梅白雪送靈蛇

春花吐豔香千里
快馬加鞭躍九州

綠野蒼茫馳駿馬
藍天浩翰搏雄鷹

春陽送暖芳菲地
駿馬奔馳錦繡程

秣馬厲兵操勝券
強邦興國獻良謀

美景前程欣驥足
高天浩宇快鵬心

南嶺梅香迎歲至
東效草淺試蹄輕

神筆馬良畫彩駿
慧眸伯樂選名駒

躍馬揚鞭抒壯志
耕雲播雨奪豐收

挺身願作長征馬
俯首甘為孺子牛

得意春風催駿馬
及時惠雨潤鮮花

政策英明民放膽
神駒騰飛國揚威

鴻雁翔雲迎旭日
青騮奪路起桃煙

舉紅旗旗開得勝
乘駿馬馬到成功

騎馬挎槍迎曙色
攜春帶福送人間

駿馬奔騰千里路
新春更上一層樓

蛇辭禹甸三春麗
馬躍神州百業興

駿馬奮蹄千里路
大鵬舒翼九重天

躍馬乘風奔大道
騰龍出海振神州

梅花歡喜漫天雪
駿馬奔馳一路春

雄關似鐵千騎越
捷報如雲萬里飄

雄獅競舞中華志
駿馬奔騰民族風

雄心馴服騰雲馬
壯志敢擒出海龍

鶯歌燕舞芳菲節
馬叫人歡豔陽春

鶯歌楊柳枝枝秀
馬躍前程步步高

福到門庭梅吐豔
馬馳道路柳生煙

鵬舉長空九萬里
馬馳盛紀二千年

騰海蛟龍頻擊浪
識途老馬自揚蹄

新春貼留吉祥草
駿馬圖掛墨韻齋

新駿揚鞭奔大道
親朋酌酒賀豐年

新歲更騰千里馬
壯心高展九霄鵬

紫氣東來春得意
青雲直上馬揚蹄

爆竹聲聲催快馬
梅花朵朵笑春風

豪情振筆歌新歲
駿馬加鞭奔坦途

捷報隨雪飛梅上
蹄花染香到春頭

蹄花千里沾晨露
柳浪萬重疊夕陽

鷹擊長空抒遠志
馬馳碧野卷雄風

大鵬歡喜天空闊
駿馬何愁道路長

大鵬展翅青雲路
駿馬奔馳浩蕩春

三春芳訊傳鶯口　　　馬步青雲迎旭日
萬里東風逐馬蹄　　　羊騰綠野展雄風

萬馬千軍創大業　　　馬馳大路春如錦
五湖四海湧春潮　　　鷹擊長空氣若虹

千疇競秀豐收景　　　馬蹄得意奔新路
萬馬奔騰改革圖　　　鵲語遂心報好音

千帆競渡千重浪　　　馬蹄捷報映曉日
萬馬奔騰萬里春　　　燕語鶯歌迎新年

千里江山春氣象　　　山舞銀蛇梅吐豔
一年錦繡馬風光　　　原馳駿馬草含春

萬里清風舒畫卷　　　馬逢伯樂馳千里
一鞭神駿奮前程　　　鵬過高天展萬程

萬里征途千里馬　　　馬蹄聲碎開新路
十年樹木百年人　　　春酒味濃賀大年

萬縷彩霞迎旭日　　　門畔春色迎年秀
千匹駿馬帶朝煙　　　馬前征途映眼新

萬馬奔騰五彩路　　　門前春色迎人笑
百花齊放四時春　　　路上蹄花映眼新

飛馳駿馬鞭高舉　　　天高碧宇隨鵬舉
歡慶新年酒滿斛　　　路遠輕風任馬馳

天馬行空迎盛紀
黃鶯戲柳報新春

無邊春色百花豔
有慶年頭萬馬馳

風塵一路馬蹄碎
爆竹千家春意濃

風光秀麗隨春展
道路逶迤任馬馳

水如碧玉山如黛
人奮雄心馬奮蹄

化雨攜來龍露貴
踏花歸去馬蹄香

文章須納風雲氣
翰墨應催駿馬圖

一路馬蹄花引蝶
萬家春色柳聞鶯

一任馬蹄敲戰鼓
幾番曠野卷高塵

一夜春風來小院
千匹駿馬闖雄關

大道揚鞭馳駿馬
高天闊地展雄才

大鵬俯視萬春寨
天馬馳騁五里街

人得春風牛得草
國揚威力馬揚蹄

8. 羊年春聯

馬馳萬里
羊戀千山

羊肥馬壯
國富民豐

羊迎大吉
歲納永康

雲邊雁斷
隴上羊歸

73

春草連天綠　　　　駿馬歸山野
羊群動地歡　　　　靈羊愛草原

春風追麗日　　　　臘鼓催神駿
羊角步青雲　　　　春風送吉羊

春來羊起舞　　　　馬辟長安道
雪化馬歸山　　　　羊開大吉春

春新羊得草　　　　馬馳金世界
世盛馬加鞭　　　　羊喚玉乾坤

對韻儼龍馬　　　　馬帶祥雲去
聯書大吉羊　　　　羊鋪錦繡來

紅梅贈馬歲　　　　馬帶祥雲去
彩燭耀羊年　　　　羊挾惠風來

花香豐稔歲　　　　馬革酬壯志
燕舞吉祥圖　　　　羊碑紀豐功

金馬辭舊歲　　　　馬留英雄氣
銀羊賀新春　　　　羊會世紀風

駿馬奔千里　　　　馬年騰大步
吉羊進萬家　　　　羊歲展宏圖

駿馬春常在　　　　馬去雄風在
吉羊福又添　　　　羊來福氣生

馬首開新紀　　　　鳴鶯傳燕信
羊腸拓錦途　　　　策馬赴羊年

馬嘶飛雪裡　　　　三羊開景泰
羊舞畫圖中　　　　雙燕舞春風

馬蹄留勝跡　　　　三羊開泰日
羊角搏青雲　　　　萬事亨通年

馬蹄留勝跡　　　　三羊生瑞氣
羊毫譜新歌　　　　百鳥喚春光

馬蹄騰瑞雪　　　　笙歌辭舊歲
羊角觸紅梅　　　　羊酒慶新春

馬拓康莊道　　　　萬家騰笑語
羊挾惠風來　　　　四海慶陽春

馬拓康莊道　　　　未時驕陽豔
羊鋪錦繡雲　　　　羊歲淑景新

馬有知途德　　　　五羊開玉局
羊存跪乳恩　　　　萬馬闖雄關

馬躍慶豐年　　　　五羊爭獻瑞
羊鳴歌盛世　　　　萬馬喜留春

馬載祥雲去　　　　羊毫書特色
羊攜惠雨來　　　　燕翼繡春光

羊毫抒壯志　　　　白羊越澗探春景
燕梭織春光　　　　紫燕繞樑報福音

駿馬四蹄擊鼓　　　百鳳迎春朝旭日
羚羊雙角開春　　　五羊銜穗兆豐年

立志當懷虎膽　　　寶馬騰飛迎福至
求知莫畏羊腸　　　靈羊起舞報春來

馬去抬頭見喜　　　不舍風馳追馬跡
羊來舉步生風　　　行看歲稔話羊年

馬歲家家如意　　　才聽駿馬踏花去
羊年事事吉祥　　　又見金羊獻瑞來

馬嘯英雄浩氣　　　草肥水甜牛羊壯
羊鳴世紀春光　　　人傑地靈五穀香

烏金黃土故地　　　長空載譽誇天馬
白羊綠野新郊　　　大地回春頌吉羊

喜鵲登枝祝福　　　馳騁春風追麗日
靈羊及地呈祥　　　扶搖羊角步青雲

八駿榮歸除夕夜　　雛鴨報春江水暖
三春新譜放羊歌　　靈羊銜穗稻花香

八駿嘶風傳捷報　　春草茸茸催馬壯
五羊跳躍展新圖　　碧溪潺潺助羊肥

春露秋霜連廣宇
羊腸鳥道變通途

春滿神州舒畫卷
羊臨華夏入詩篇

春染紅棉迎旭日
羊銜金穗報豐年

催馬喚羊逢盛世
叱雲沐雨覽新春

得意春風催快馬
解人新歲獻靈羊

得意春風仍疾馬
連天碧草又宜羊

得意春風揚馬首
宜人景色賴羊毫

庚午祝捷神馬去
辛未報喜寶羊來

好鳥鳴春歌盛世
吉羊啟運樂升平

畫展春城描特色
詩題羊石紀新春

吉羊得草延春色
紫燕銜泥落好家

吉羊健步迎春至
洪福齊天及地來

金鳳呈祥人得意
玉羊銜瑞事稱心

金駒辭歲羊報吉
丹鳳朝陽燕迎春

金馬奔馳改革路
銀羊歡躍太平年

金馬揚蹄抒遠志
玉羊接力展宏圖

金穗飄香香四季
玉羊報喜喜千家

九州百族辭馬歲
兩岸三通接羊年

駿馬功成領功去
吉羊捷足報捷來

駿馬騰飛成壯舉
靈羊起步赴新程

駿業輝煌歸歷史　　龍鳳騰飛迎一統
羊毫遒勁譜新篇　　馬羊接力賽三春

駿業已開休駐馬　　馬步生風辭舊歲
鴻圖再展莫亡羊　　羊毫揮墨寫佳聯

鯤鵬展翅扶羊角　　馬馳碧野凱歌壯
鶯燕歡歌送馬蹄　　羊躍青山景色新

老馬奮蹄知路遠　　馬馳大道征途遠
羔羊跪乳感恩深　　羊上奇峰景色嬌

老馬識途辭舊歲　　馬馳萬里傳捷報
靈羊銜穗報豐年　　羊越千山奏凱歌

老馬識途歸故里　　馬馳原野繁花茂
羔羊跪乳報春暉　　羊躍神州事業興

老馬識途終有意　　馬甲雄騎迎勝利
羔羊跪乳最多情　　羊羹美酒慶豐收

靈羊捷足登新境　　馬年事事如人意
駿馬奮蹄向未來　　羊歲時時報福音

靈羊下界盈門喜　　馬年已繪豐收景
乳燕銜泥滿院春　　羊歲繼吟致富詩

羚羊掛角挑春色　　馬首關情吟妙句
喜鵲登枝報福音　　羊毫隨意繪新圖

馬首是瞻新世紀
羊毫盡繪好春光

神駿回眸豐稔景
靈羊翹首吉祥圖

馬歲榮光輝日月
羊毫遒勁續春秋

神馬行空普天瑞
仙羊下界遍地春

馬歲事事合民意
羊年處處沐春風

世紀春風萌綠草
山鄉柳笛放群羊

馬歲事事如人意
羊年時時洽春風

世紀更新花吐艷
春風送暖瑞呈祥

馬蹄踴躍馳千里
羊角扶搖上九霄

世上塵埃隨馬盡
人間春色逐羊來

馬馱碩果歸山去
羊踏青坪報喜來

誓做長征千里馬
爭當改革領頭羊

馬尾松勁承雨露
羊毫妙筆點春光

歲煥新風燕剪柳
春來大地羊鋪雲

馬尾松青凝瑞雪
羊毫筆墨舞春風

歲居新春人福壽
羊銜金穗業豐收

騎馬牧羊歌盛世
頂淩踏雪報新春

天涯芳草綠馬蹄
華夏玉羊歡羊毫

人懷遠志馳良馬
世易新春喚白羊

萬樹爭榮添翠色
五羊獻瑞報佳音

萬象更新新世紀
五羊獻瑞瑞門庭

萬象已隨新律轉
五羊爭躍好春來

五羊城中春光好
九州域內人面新

五羊結彩迎新紀
六畜興旺報好年

五羊銜穗年豐稔
雙燕迎春歲吉祥

五羊獻瑞人增壽
百鳥鳴春喜盈門

五羊獻瑞增春色
百鳥爭鳴唱福音

惜別垂楊難繫馬
喜瞻叱石盡成羊

喜得馬年成駿業
笑看羊歲展鴻圖

喜看陽春花千樹
笑飲新歲酒一杯

小道羊腸無阻礙
雄心捷足好登攀

馴馬騰飛千里路
牧羊更上一重峰

羊歸隴上春來早
馬識歸途業告成

羊角扶搖九萬里
馬蹄奔向二千年

羊年喜千家祝福
國運昌萬物生春

羊群簇擁千堆雪
燕子翻飛一世春

羊群擁起千堆玉
稻浪浮來萬畝金

一片白雲羊變幻
千條翠柳燕翻飛

英雄跨馬揚長去
龍女牧羊載福來

猶思駿馬奔騰急
更贊嬌羊奮發先

玉樹蔥蘢皆出色
金甌穩固不亡羊

萬象更新山青水秀
五羊獻瑞日麗春華

玉羊啟泰迎春至
金馬奮蹄載譽歸

一派生機陽春映日
滿天煥彩浩氣騰雲

玉宇澄清觀燕舞
草原茂盛喜羊歡

改革起宏圖神州巨變
豐年添笑語萬事吉祥

北斗光明春台起鳳
南溟壯闊羊角搏鵬

快馬加鞭不墜騰飛志
吉羊昂首更添奮發心

碧草白羊三春圖畫
金戈鐵馬萬里征途

留勝跡水秀山明草茂
譜新歌羊肥馬壯春榮

福鹿吉羊三元開泰
堯天舜日萬象更新

歲序更新馬年留勝績
春風初度羊志展鴻猷

立志當懷虎膽馳騁
求知莫畏羊腸扶搖

萬馬揚蹄踏凱歌而去
群羊翹首喚春信即來

綠草如茵羊盈瑞氣
紅桃似火猴沐春風

喜鵲迎春紅梅香瑞雪
吉羊賀歲金穗報豐年

時雨春風五羊獻穗
堯天舜日百鳳朝陽

豔陽高照江山添錦繡
壯志常存祖國更富強

送馬年春花融白雪
迎羊歲喜鵲鬧紅梅

張燈結綵歡慶豐收歲
跑馬耍羊喜迎改革春

張燈結綵歡慶豐收歲
跑馬耍羊喜迎豔陽春

紅杏叢中朝見牛羊出圈
綠柳郊外夕聞鳥雀歸林

喜洋洋綠水青山春永駐
美泰泰豐衣足食福無邊

羊筆如花寫就輝煌歲月
春風似剪裁成錦繡江山

春暖人心世界三千同雀躍
風搏羊角雲程九萬共鵬飛

國富民殷羊毫揮頌千秋業
年豐人壽燕剪裁成萬點春

浩氣常存頻加馬力奔新路
雄風不減再握羊毫繪壯圖

駿馬奔馳滿載烏金辭歲去
吉羊起舞豪吟白雪報春來

駿馬辭年不懈奔騰千里志
吉羊獻歲同迎歡樂萬家春

駿馬榮歸一路梅花頻送笑
吉羊歡駕九州綠草快鋪春

老馬識途破霧導航奔勝境
吉羊接力承先啟後展宏圖

馬去蹄香北國又添千里馬
羊來春暖南疆再現五仙羊

馬去羊來華夏騰飛添馬力
龍吟虎嘯天公抖擻降龍才

馬首是瞻美酒千盅迎曙色
羊毫初試豪情萬斛寫春光

門對青山羊兔群群嬉碧毯
窗含綠水鴨鵝隊隊戲清波

前路輝煌笑看駿馬追風去
雄雷霹靂喜見商羊帶雨來

瑞雪綻紅梅君正嘯天傲地
勞春織綠草我來放馬牧羊

三陽開泰來處處三春美景
五福駢臻至家家五穀豐登

歲居吉羊燕舞鶯歌齊祝福
年逢盛世桃紅柳綠盡芳菲

天馬班師捷報頻傳驚宇宙
仙羊降世宏圖再展耀神州

萬馬消塵蹄聲響徹三千界　　羊酒微醺酡顏人共桃符豔
五羊銜瑞春意濃於二月花　　春風乍拂捷報聲隨爆竹傳

先富後富你富我富大家富　　月異日新不少羊腸成大道
羊多豬多錢多糧多喜事多　　春和景泰好多蝸舍變高樓

羊筆如椽描山繪水書春意
馬蹄騰雪步韻留香報福音

酣墨沾羊毫記載中華創業史
丹青賦春色繪描改革鼎新圖

凱歌陣陣千里馬早過玉門關
春風習習帶頭羊又登泰山頂

馬步牽長風長隨遠景江山好
牽羊迎盛世依然十里杏花紅

萬馬闖雄關春回大地繁花俏
五羊開玉局旗展東風旭日輝

萬事本無難只賴吹牛拍馬屁
百般都有假謹防屠狗掛羊頭

9. 猴年春聯

猴掃妖氛　　　　　猴桃獻壽
歲納禎祥　　　　　鳥語迎春

鳥語喧花果
猴聲啼水簾

天增歲月人增壽
猴獻蟠桃鹿獻芝

申年梅獻瑞
猴歲雪兆豐

火眼金晴開玉宇
紅梅綠柳報新春

百業農為本
萬靈猴佔先

豐年瑞雪宴華夏
猴歲良宵樂紀元

金猴方啟歲
綠柳又催春

玉羊毫多添文采
金猴棒大鼓雄風

羊舞豐收歲
猴吟錦繡春

玉兔探月觀新歲
金猴捧挑笑豐年

大聖光臨揚正氣
小康喜過蔚新春

玉兔出宮觀盛世
金猴降世笑豐年

大聖迎春圖改革
新風遍地倡文明

玉兔探頭觀美景
金猴捧果獻華年

大聖重來寰宇淨
小康正享萬家歡

玉兔煉就長壽藥
金猴橫掃害人蟲

子夜羊隨爆竹去
曉晨猴駕春風來

玉宇清明春色好
金猴奮起國光新

子時羊伴煙花去
春曉猴乘爆竹來

玉宇澄清浮正氣
金猴奮起樹新風

玉羊捷足歸欄去
大聖騰雲降福來

玉燕迎春春永駐
金猴降福福常存

禾生嘉穗家家樂
猴獻蟠桃處處春

民頌金猴澄玉宇
歲迎紫氣送靈羊

羊伴吉祥留喜慶
猴持如意保平安

羊角扶搖辭舊歲
猴王喜鬧慶新春

羊躍年終傳捷去
猴觀歲首報春來

羊弄笛音奏妙曲
猴攀桃樹祝新年

羊馱碩果五更去
猴捧仙桃半夜來

羊辭舊歲留祥瑞
猴捧仙桃祝壽康

羊羯回頭添如意
猴王振臂保平安

羊聚祥雲天降玉
猴騰紫氣地生金

羊年得福全家福
猴歲迎春遍地春

羊留偉績兆新運
猴展神威樂小康

羊隱神州千戶富
猴臨大地萬家春

羊逐金花馳碧野
猴攀綠樹步青雲

羊聚成雲天降玉
猴來踏露地生金

羊留喜氣臻洪福
猴顯神通頤華年

羊裹銀裝知玉潔
猴生火眼識真金

羊毫絮筆描春色
猴子騰雲振國威

羊毫已寫輝煌史
猴歲又描錦繡圖

金猴奮起迎新紀
喜鵲爭鳴報福音

羊毫點綴千秋業
猴棒辟開萬里程

金猴奮起神州樂
紫燕翻飛大地春

羊挾清風辭盛世
猴迎旭日耀新春

金猴攜福人間駐
綠柳迎春大地新

羊舞煙花報捷去
猴持金捧送春來

金猴玉兔弄春色
紫燕黃鶯彈妙音

羊抒銀鬚誇改革
猴持金捧寫春秋

金猴獻瑞財源廣
紫燕迎春生意隆

羊銜玉穗登勤第
猴捧仙桃入福門

金猴獻壽人民福
喜鵲登梅小院香

回首羊年呈喜慶
舉眸猴歲報平安

金猴得意迎春早
赤子傾心建國忙

歡呼大聖除邪氣
熱愛中華獻赤誠

金猴奮起群山翠
祖國騰飛四海春

靈猴出世群情奮
伏蟄驚雷大地春

金猴揮捧扶正氣
綠野走犁繡春光

陽春初覽小康景
新歲益堅大聖心

春滿神州多喜氣
猴澄玉宇蕩清風

春意盎然花爛漫
猴年喜慶舞翩躚

窗外嫩枝應候綠
楹前春帖向陽紅

喜鵲鳴春春日麗
金猴獻歲歲華新

雪消門外千山翠
猴到人間萬戶春

喜接金猴來獻瑞
樂看丹鳳共朝陽

銀樹呈祥花果碩
金猴獻瑞國民殷

猴年萬事皆如意
春苑百花盡吐香

紫氣祥雲騰大聖
紅梅翠柳報新春

猴山花果紅如錦
瑞地禾苗綠似茵

紫燕展翅騰柳浪
金猴攀援上春山

猴來佳果滿山醉
春至繁花遍地香

紫燕翻飛千里景
金猴攀躍萬年枝

猴捧仙桃祝大壽
燕鳴翠柳報新春

紫燕翩翩飛錦地
金猴躍躍步春暉

猴喜滿園桃李艷
歲遷遍地春光明

辭歲羊毫書捷報
迎春猴棒舞乾坤

猴獻蟠桃祝萬福
春臨大地發千祥

滿園春色探牆外
兩岸猿聲報喜來

猴觀盛世開新宇
燕舞陽春慶小康

瑞雪紛飛迎盛世
金猴歡躍報豐年

羊留碩果乘風去
猴獻仙桃祝福來

燕子歸來春萬戶
猴猻躍起力千鈞

玉燕思安巢廣廈
金猴獻瑞有蟠桃

金猴玉兔弄春色
紫燕黃鶯彈妙音

滿園春色關不住
兩岸猿聲報喜來

猴喜滿園桃李豔
歲遷遍地春光明

緊握羊毫留青史
奮揮猴棒辟征程

花果飄香美哉樂土
猴年增色豈換人間

虎豹添山生態好
猿猴逗客世風淳

金猴獻禮家家順利
喜鵲鬧春事事吉祥

薄海神鵬催日出
齊天大聖護春來

花果飄香美哉樂土
猴年增色換了人間

獼猴得所歌環保
燕雀安籬戀小康

傍日而飛玉鷺高書天一字
與時俱進金猴喜跋海三山

兩岸猿聲啼又起
九州龍氣鼓空前

世盼和平喜有猴猻來滅火
時當鼎革縱容鴻鵠上凌雲

玉宇三維行雨建
金箍一棒鎮千山

鐮運錘揮萬古江山開盛世
龍驤虎奮九州兒女創殊榮

駿業逢春猴獻頌
神舟叩月兔思歸

羊歲去矣應記取亡羊教訓
猴年來兮當發揚金猴精神

金猴獻禮家家順利玉燕嬉春九州鋪錦
喜鵲鬧春事事吉祥金猴賀歲一國呈祥

鐮運錘揮萬古江山開盛世羊歲去矣應記取亡羊教訓
龍驤虎奮九州兒女創殊榮猴年來兮當發揚金猴精神

10. 雞年春聯

丹鳳來儀　　　　　猴引康莊道
金雞報曉　　　　　雞迎錦繡春

猴歲呈祥　　　　　雞鳴天放曉
雞年納福　　　　　政改地回春

雞鳴曉旦　　　　　雞聲窗前月
燕舞陽春　　　　　人笑福裡春

鵲送喜報　　　　　雞聲天下曙
雞傳佳音　　　　　春意海南潮

神猴辭歲　　　　　金雞日獨立
金鳳迎春　　　　　紫燕春雙飛

雄雞唱韻　　　　　知廉標五德
大地回春　　　　　報午必三鳴

紅雞啼夜曉　　　　金雞送萬福
黃犬吠年豐　　　　新春進千家

金猴狂歡慶豐年
雄雞高鳴歌盛世

把酒當歌歌盛世
聞雞起舞舞新春

萬里河山呈畫卷
九州兒女繪藍圖

保駕護航奔富路
昂頭振翼唱東風

雄雞曉唱新年好
大地春生喜事多

癸戴草頭朝赤日
酉添春水上朱顏

春風輕拂千山綠
旭日東昇萬里紅

國家安定人民樂
黨政清廉事業興

天上明月千里共
人間春色九州同

紅日升空輝大道
金雞報曉促長征

九州瑞氣迎春到
四海祥雲降福來

猴奮已教千戶樂
雞鳴又報萬家春

風調雨順升平日
國泰民安大豐年

雞報小康隨日出
年迎大有伴春來

張燈結綵伴雞唱
火樹銀花送猴歸

雞描竹葉三中頌
犬繪梅花五福臨

金猴雖走留鴻運
雄雞然至送吉祥

雞鳴喜報豐收果
犬吠欣迎富貴賓

猴擎金棒開清世
雞鳴新春染錦程

雞鳴曉日江山麗
犬吠神州歲月新

雞鳴紫陌迎新曙
馬踏青雲奔小康

四海升平歌舜日
九州盛世樂堯天

雞聲一唱東方白
猴棒三揮玉宇清

萬戶桃符新氣象
群山霞彩富神州

金猴留戀豐收年
彩鳳歡啼盛世春

萬象喜回春守信
一元欣復始司晨

金雞報曉歌大治
丹鳳朝陽贊中興

聞雞起舞迎元旦
擊壤而歌頌小康

金雞高唱迎春曲
鐵牛歡催改革潮

喜爆千聲歌盛世
金雞三遍報新春

金雞喚出扶桑日
錦犬迎來大地春

喜鵲登枝迎新歲
金雞起舞報福音

金雞喜唱催春早
綠柳輕搖舞絮妍

雄雞唱罷九州樂
金犬吠來四海安

金雞一唱傳佳訊
玉犬三呼報福音

雄雞喔喔頌堯天
臘狗汪汪歌舜日

鳥報晴和花報喜
雞生元寶地生財

雄雞喜報春光好
健筆勤書正氣多

犬能守夜迎新歲
雞可司裡送舊年

雄雞喜唱升平日
志士歡歌改革年

雄雞一唱天下白
錦犬再雕宇宙春

點點梅花笑迎雄雞朝天唉
聲聲爆竹歡送大聖載譽歸

躍馬揚鞭芳草地
聞雞起舞杏花天

雞唱門庭四海升平歌舜日
犬蹲院裡九州盛世樂堯天

雄雞喜唱升平日
志士歡歌改革年

雞唱三通萬家春正乾坤氣
鳳鳴兩岸一樹梅開天地心

邦興國治雞唱門庭
春暖花開犬蹲院裡

雞唱月歸一線長天皆瑞靄
犬歌日出九州大地盡朝暉

丹鳳來儀春回大地
金雞報曉福滿人間

捷報頻傳聖猴舞棒辭歲去
宏圖再展金允高唱迎春來

喜慶新春聞雞起舞
欣逢盛世躍馬揚鞭

金雞報曉改革似春風化雨
彩鳳朝陽騰飛如旭日昇華

除夕猴在山重享齊天樂
迎春雞報曉高唱東方紅

金雞報曉時轉三陽迎淑氣
紅梅競放花開五福慶豐年

猴歲呈祥長空五光十色
雞年納福大地萬紫千紅

雷震南天滾滾春潮生九域
雞鳴大地彤彤旭日耀寰球

彩鳳高翔戀我中華春不老
金雞喜唱歌斯盛世樂無窮

人壽年豐金猴辭歲歸簾洞
民安國泰玉羽司晨報曉春

大聖辭年萬里河山留瑞靄
雄雞報曉千家樓閣映朝暉

神猴辭歲保駕護航奔富路
金鳳迎春昂頭振翼唱東風

雄雞唱韻萬戶桃符新氣象
大地回春群山霞彩富神州

雄雞喔喔頌堯天邦興國治
臘狗汪汪歌舜日春暖花開

在聖班師一路凱歌笳鼓競
雄雞振翅幾聲雅唱瑞雲生

紫燕迎春一路東風歌大治
金雞唱曉九州時雨潤小康

春回大地喜慶新春聞雞起舞
福滿人間欣逢盛世躍馬揚鞭

雞鳴曙日紅萬里金光輝瑞靄
柳舞春江綠千重錦浪映丹霞

雞鳴早看天抓住時機求發展
水近先得月緊跟形勢上臺階

九域湧新潮四海雄雞爭唱曉
三春輝紫氣八方彩鳳共朝陽

萬象喜回春守信知廉標五德
一元欣復始司晨報午必三鳴

振翅欲沖霄一唱雄雞聲破曉
迎春思試劍三擂戰鼓氣吞虹

酉年歌大有，玉管千聲歌玉鏡
雞口頌小康，金猴一去唱金雞

鹿鳴增福壽，喜鵲登梅門有喜
雞唱易春秋，金雞報曉地生金

迎春雅興聞雞起，雞鳴村覺曉
祝福豪情對鵲吟，魚戲水知春

金雞鳴盛世，綠水魚遊春勝錦
喜鵲報新春，黃山雞舞日為丸

雄雞起舞報春至，雞鳴千日喜
喜鵲歡歌帶福來，燕舞萬家春

二曜齊光三辰並麗，雞鳴天下曉
酉山啟秘乙覽呈奇，鵲報人間春

魚游春水納餘慶，春信千家傳紫燕
雞唱曙光逢吉祥，福音萬戶報金雞

綠竹常留四時景，紅梅枝頭留春意
金雞報來萬家春，金雞張口報佳音

乙思抽妙緒，寶雞獻瑞，寶雞徵吉兆
酉熟慶豐年，康爵延年，昌風葉和聲

鳳紀書元人間改歲，乙思入雲歌舞日
雞聲告旦天下皆春，酉雞唱曉頌堯天

11. 狗年春聯

金雞報曉　　　　　戶展新春景
神犬驅邪　　　　　家傳義犬圖

聞雞起舞　　　　　白梅淩雪盡
放犬緝私　　　　　黃耳報春來

犬守平安日　　　　戊春人醉社
梅開如意春　　　　戌日客登門

犬守平安夜　　　　戌日耀吉瑞
雀鳴幸福年　　　　狗年臻福祥

犬守太平世　　　　戌日呈禎瑞
梅開如意春　　　　狗年臻福祥

犬守良宵夜　　　　戌刻花燈亮
鶯歌娛樂春　　　　狗年喜氣盈

犬護祥和宅　　　　紅梅揚正氣
人過幸福年　　　　黃耳報佳音

犬屬堪欺虎　　　　花犬觀魚樂
魚靈巧化龍　　　　青雲羨鳥飛

犬獻梅花賦　　　　花燈懸街市
雞留竹葉圖　　　　玉犬守門庭

雞鳴知日上
犬吠報春來

金雞追竹葉
黃耳踏梅花

雞舞三多日
犬迎五福春

金雞歌曉旦
玉狗問平安

雞舞司晨早
犬蹲守夜勤

國期長治世
犬守久安家

雞攜竹葉去
犬踏梅香來

春來燕子舞
犬獻雪梅圖

金雞交好卷
黃犬送佳音

春眠強國夢
犬護富民家

金雞歌國泰
義犬報民安

春曉金雞唱
歲甯黃耳勤

金雞辭禹甸
玉犬樂堯天

春光明盛世
玉犬賀新年

金雞操勝券
玉犬報佳音

鹿街長壽草
犬踏報春花

金雞報捷去
錦犬送春來

燕剪千叢錦
犬迎萬戶春

金雞爭報曉
玉犬喜迎春

犬吠佞人喪膽
雞鳴玉宇生輝

舜犬重臨華夏
犬年大展雄姿

金雞獻瑞欽邞治
玉犬呈祥展宏猷

犬效豐年家家富
雞鳴盛世處處春

雞歲已添幾多喜
犬年更上一層樓

龍翔華夏迎新歲
氣搏雲天奮犬年

雞聲笛韻祥雲燦
犬跡梅花瑞雪飛

雞去瑤池傳喜訊
犬來大地報春意

國富民強緣改革
雞鳴犬吠報升平

辭舊靈雞歌日麗
迎新瑞犬報年豐

雞追日月雄風舞
狗躍山河瑞氣生

當於雞鳴常起舞
莫為狗苟總偷安

雞年利事家家樂
犬歲發財戶戶歡

戊犬騰歡迎勝利
酉雞起舞慶榮歸

犬畫紅梅臻五福
雞題翠竹報三多

雞為歲歸留竹葉
犬因春到獻梅花

金雞報捷梅花俏
義犬迎春柳色新

九州日月開春景
四海笙歌頌狗年

子夜鐘聲揚吉慶
狗年爆竹報平安

三多竹葉雄雞畫
五福梅花義犬描

小犬有知嫌路窄
大鵬展翅恨天地

天狗下凡春及第
財神駐足喜盈門

犬吠雞鳴春燦燦
鶯歌燕舞日瞳瞳

豐年富足人歡笑
盛世平安犬不驚

犬吠雞鳴春燦爛
鶯歌燕舞景妖嬈

犬守家門門有喜
毫敷毛筆筆生花

犬踏霜橋迎五福
雞登雪石報三多

犬守門庭何叫苦
馬馳遠路不辭難

犬臥宅階知地暖
鵲登梅萼報春新

犬愛窮家天下貴
鳳毛麟角世間稀

犬臥階前知地暖
鵲登梅上唱春明

犬效豐年家家富
雞鳴盛世處處春

犬看門戶民長泰
法治國家世永春

犬畫紅梅臻五福
雞題翠竹報三多

犬能守夜戶常泰
人若忘恩天不容

12. 豬年春聯

亥來四季美
豬獻滿身肥

守家勞玉狗
致富有金豕

農戶百豬樂
神州萬象新

守家誇玉犬
致富贊金豬

在圈常安臥　　　　豬為六畜首
入禪不待招　　　　農乃百業基

陽春臻六順　　　　豬為六畜首
豬歲報三多　　　　梅占百花魁

財神隨歲至　　　　豬是農家寶
豕崽拱門來　　　　龍為中國根

狗守太平歲　　　　豬大能如象
豬牽富裕年　　　　肥多可勝金

雖屬生肖後　　　　豬是家中寶
卻居六畜先　　　　肥是地裡金

看豬大似象　　　　豬肥家業盛
視漏貴如金　　　　人好壽春長

春新豬似象　　　　豬肥家業旺
世盛國騰龍　　　　春好福源長

春麗花如錦　　　　豬肥糧茂盛
豬肥糧似山　　　　民富國昌隆

養豬能致富　　　　豬年春意鬧
放鶴可延年　　　　龍舞國威揚

養豬能致富　　　　豬拱門如意
有志莫憂貧　　　　雞鳴歲吉祥

豬拱財源旺　　　　亥時春入戶
龍騰國運昌　　　　豬歲喜盈門

豬崽一窩樂　　　　爆竹傳吉語
山花四季香　　　　臘梅報新春

一年春作首　　　　朱筆題名於雁塔
六畜豬為先　　　　綠風搖柳動鶯聲

人開致富路　　　　名題雁塔登金榜
豬拱發財門　　　　豬拱華門報吉祥

義犬守門戶　　　　花香鳥語春無限
良豕報歲華　　　　沃土肥田豬有功

巳呼迎盛世　　　　衣豐食足戌年樂
亥算得高年　　　　國泰民安亥歲歡

天狗歸仙界　　　　戌年引導小康路
亥豬拱福門　　　　亥歲迎來錦繡春

天狗驅寒盡　　　　戌歲乘龍立宏志
寶豬帶暖春　　　　豬肥萬戶示豐年

六畜豬為寶　　　　兩年半夜分新舊
四時春最新　　　　萬眾齊歡接亥春

生財豬拱戶　　　　孟春之月方營室
致富燕迎春　　　　寶蓋進豕恰是家

國泰民安戌歲樂
糧豐財茂亥春興

天好地好春更好
豬多糧多福愈多

金榜題名光耀第
喜豬拱戶院生財

犬過千秋留勝跡
亥年躍馬奔小康

狗守家門舊主喜
豬增財富新春歡

牛馬成群勤致富
豬羊滿圈樂生財

狗歲已贏十段錦
豬年更上一層樓

巧剪窗花豬拱戶
妙裁錦繡燕迎春

狗年已展千重錦
豬歲再登百步樓

吉日生財豬拱戶
新春納福鵲登梅

人逢盛世情無限
豬拱華門歲有餘

朱門北啟新春色
紫氣東來大吉祥

人增福壽年增歲
魚滿池塘豬滿欄

朱紅春帖千門瑞
翠綠柳風萬戶新

大聖除妖天佛路
天蓬值歲兆豐年

狗問平安隨臘去
豬生財富報春來

巳有長風千里志
亥為二首六身形

狗蹲戶外家長泰
豬拱門前戶發財

豐稔歲中豬領賞
新臺階上步登高

豬子一身皆是寶
亥年萬事俱呈金

肥豬拱戶門庭富
紫燕報春歲月新

豬拱家門春貼畫
鹿銜壽草福臨門

豬多糧足農家富
子孝孫賢親壽高

豬增財富新春喜
燕舞祥和舊主歡

豬是財神登萬戶
燕為春使舞千家

四、通用春聯橫批

慶有餘 天同慶 紅千萬 錦似山 里萬程 慶同
民強達 普喜慶 盈門紫 江乘破 前程似 鵬程
國富旺 國興 氣瑞 浪風 錦 風調雨
發圖治 勵精 滿春 萬象更 順 萬木回
國泰民安 國福星 人春間華 新勇攀高 春萬木回 欣欣向
高照 幸福人家 秋實 峰來 榮 東風萬

氣壯山河 萬紫千紅 江山似錦 鵬程萬里
人勤春早 瑞氣盈門 乘風破浪 前程似錦
繼往開來 春滿人間 萬象更新 風調雨順
豪情滿懷 春華秋實 勇攀高峰 萬木回春
四季常青 春意盎然 春風徐來 欣欣向榮
向陽門第 百花齊放 鳥語花香 東風萬里
和顏悅色 幸福家庭 五穀豐登 政通人和
春風及第 人心歡暢 一門吉慶 五福臨門

四、通用春聯橫批

氣壯山河　萬紫千紅　江山似錦　鵬程萬里　普天同慶
人勤春早　瑞氣盈門　乘風破浪　前程似錦　喜慶有餘
繼往開來　春滿人間　萬象更新　風調雨順　國慶民強
豪情滿懷　春華秋實　勇攀高峰　萬木回春　國富民達
四季常青　春意盎然　春風徐來　欣欣向榮　興發圖治
向陽門第　百花齊放　鳥語花香　東風萬里　勵精國泰
和顏悅色　幸福家庭　五穀豐登　政通人和　國福星民安
春風及第　人心歡暢　一門吉慶　五福臨門　幸福人家高照

第二篇

壽誕喜慶

一、壽柬的寫法

　　壽柬是專門用來邀請親友參加自己或自己長輩壽辰的請帖。在當今壽慶活動中，壽柬的告知性作用不容忽視，一般要提前寄發。壽柬有單柬、雙柬，橫排、直排之分。在用語上，一般稱父親為「家父」「家嚴」，母親為「家母」「家慈」。做壽人為男子，可稱之為「懸弧」；為女子，則可稱之為「設帨」。在請柬落款處，一般由長子署名，也可由在外享有一定聲望的子女代表署名，不必一一詳列。在文字上，能表達其意即可，不必下太多功夫。

　　就壽柬書寫格式而言，在此列舉兩種，現舉例如下：

　　做壽人親自書寫範例：

　　　　　　　　請　　柬

○○女士：
　　○月○日是我○○歲生日，值此喜慶時刻，誠邀故友一同歡聚，以　舊情，特定於當日下午○時在○○○賓館○○○廳舉行生日晚會
　　恭請
光臨
　　　　　　　　　　　　　　　　○○○敬約
　　　　　　　　　　　　　　　　○月○日

又如：

做壽人子女書寫範例：

○月○為家嚴○○華誕恭備薄宴
敬請
趙府廣德先生　　　　　　駕臨

　　　　　　　　　　　　○○鞠躬
　　　　　　　　　　　　○月○日

又如：

請　柬

○○先生：
　　茲定於○○○年○月○日下午○時，在○○○大飯店
為家父○○舉行○○壽誕慶祝典禮，並於晚○時備有薄宴
　　恭請攜眷
光臨

　　　　　　　　　　　　○○○鞠躬
　　　　　　　　　　○○○年○月○日

二、祝壽題詞

祝壽題詞是向壽者表示祝賀的各種形式的實用文書，如散文、詩詞等，既可隨壽禮一起送給壽者，也可在壽筵上朗誦或張貼，既可以信件形式寄送，也可以手機簡訊形式發送。壽幛題詞也是其中一個形式。壽幛是用綢布題字為祝壽之禮，也稱禮幛。壽幛用字簡短，有一個字的，如「壽」字；有四個字的，如「壽比南山」等。通常四字為多，大多用大幅紅綢緞，剪貼金紙。有用紅紙的立軸，通稱「壽軸」；也有外裝玻璃框的，通稱「壽屏」。

下面主要介紹壽幛題詞的寫法：

贈送壽幛者要根據自己與壽者的關係、壽者的壽齡進行措詞。如：

賀岳父八十大壽之喜

　　　　平安磐石

　　　　　　　　婿○○○敬賀

壽幛題辭為四字的，在四字當中，有一定的平仄聲

規律。大概是以平聲開始，必以仄聲收尾；仄聲開始，
平聲收尾。這就是普通所說的「平起仄收，仄起平收」。

通用壽幛

德高望重　全福全壽　老有所為　大衍福壽　壽誕大喜
人壽年豐　乃福乃壽　福如東海　福休長泰　福壽全歸
福壽同享　福壽無量　餘熱生輝　勤者永壽　高風亮節

男壽通用壽幛

南極星輝　春庭日永　大椿不老　天保九如　天賜遐齡
壽並河山　靈椿益壽　松鶴延齡　松柏同春　齒德俱尊
海屋長春　椿樹長青　鶴算壽添　箕疇五福　靈椿永茂

女壽通用壽幛

天姥峰高　歡騰萱室　壽征坤德　壽添萱祿　金萱煥彩
圖呈王母　寶婺星輝　寶婺呈輝　春暉永駐　懿德延年
耄晉期頤　祥開設悅　瑤池桃熟　瑤島春長　蟠桃獻壽

雙壽通用壽幛

天上雙星　日月齊輝　雙星並耀　百年偕老　椿萱並茂
庚婺同明　柏翠松青　極婺聯輝　神仙眷屬　眉齊鴻案
福壽雙全　福祿鴛鴦　鴻案相莊　鸞笙合奏　椿萱不老

三、壽聯常見詞語解釋

〔**壽**〕壽的含義有：

1. 活的歲數大；長命。如人壽年豐、福壽。《素問‧靈蘭秘典論》：「故主明則下安，以此養身則壽。」

2. 年歲；生命。如長壽。《素問‧評熱病論》：「病而留者，其壽可立而傾也。」

3. 壽辰：如壽麵、做壽。

4. 朼祝人壽辰。

5. 輓辭，生前預備的；裝殮死人的：如壽材、壽衣。

6. 鐫刻。《醫史‧李杲傳》：「製一方與服之，乃效，特壽之於木。」

慶賀老人壽辰時，常常看到或張貼，或懸掛的「壽」字。「壽」字的寫法也形態各異，還有的寫有 100 個壽字的百壽圖（100 壽字寫法都不同）。有的壽字為花「壽」。即在一個大型的壽字中間畫上各種花卉、人物、器具等圖案，以此增添「壽」字的內涵和藝術感染力。被畫入「壽」字中的圖案大多具有祝吉祈祥的寓意，其中又以牡丹、松柏、八仙人物等最為典型。

〔**壽誕**〕就是誕辰，俗稱「過生日」。

〔**壽星**〕「壽星」的本意為中國古代天文學的星體名稱，一種說法認為是「南極老人星」的別稱，另一種

則認為是二十八宿中的角、亢二星。舊時,將「壽星」寓意為長壽,並以此來稱呼被祝壽之人。「壽星」在我國古代的歷史發展中,經歷了「星宿名」到「神仙名」,再向代稱為「長壽老人」的演化過程。明代吳承恩的《西遊記》中寫道:「霄漢中間現老人,手捧靈芝飛靄繡,長頭大耳短身軀,南極之方稱老壽——壽星又到。」這裡所描寫的正是我們今天在《壽星圖》上所見到的老壽星。到了清代的曹雪芹的《紅樓夢》,在賈母過壽時,作者將其形象地稱之為「壽星老兒」,可見其業已發展成為了「長壽老人」的代稱。由此一直延續到今天,人們不論年齡性別,都將被祝壽人泛稱為「壽星」,而將年紀較大的老人稱為「老壽星」「壽公公」「壽婆婆」,年紀小的則稱之為「小壽星」。

〔壽比南山〕壽命像終南山一樣長久。用作對老年人的祝頌。南山,即終南山,在今陝西西安南。

〔福如東海〕福氣像東海一樣無邊無際。用作對人的祝頌(多與「壽比南山」連用)。

〔五福〕由古代民間相傳下來,廣為流傳的一套幸福觀的簡稱。《尚書・洪範》中記載:「五福,一曰壽,二曰福,三曰康寧,四曰攸好德,五曰考終命。」在五福之中,有「五福壽當前」之說,即「壽」是第一位的,而「壽」又同「福」是相輔相成的,長壽也就是大福分。「五福」中的「康寧」「攸好德」「考終命」也都與「壽」

字有極大的關聯。「康寧」意為求得吉祥，獲得平安；「攸好德」旨在告誡人們行善積德；「考終命」則是求得善終之意。

在我國民間，「五福捧壽圖」流傳盛廣，這是一幅由五隻蝙蝠圍攏「壽」字組合起來的吉祥圖案，因福與蝠同音，故而得名。為了祈求長壽，這一吉祥圖案歷來受人重視，在人們的裝飾物上更是處處可見。

〔麻姑獻壽〕據記載，「麻姑」是我國古代神話中的一位女神，修道於姑餘山。「麻姑獻壽」講的則是西王母壽辰時，特邀麻姑前往，為了向王母祝壽，她就用靈芝仙草釀成美酒敬獻王母，民間廣為流傳的《麻姑獻壽圖》就是由此而來。

〔耆〕指 60 歲。《禮記・禮上》：「六十曰耆。」

〔花甲（壽）〕指老人 60 歲壽辰，也就是人們常說的「60 花甲子」。在我國古代，以 10 歲為一甲，「生日」逢 10 都要大慶一番，而 60 則是人進入老年的第一個壽辰。《唐事紀事》：「手捋六十花甲子，循環落落如弄珠。」

〔耳順〕指老人 60 歲。語出《論語・為政》：「吾十有五而志於學，三十而立，四十而不惑，五十而知天命，六十而耳順，七十而從心欲不逾矩。」而「耳順之年」意為：人到 60 歲，就能理解他人話語中隱晦的含義。

〔古稀（壽）〕指老人 70 歲壽辰，語出唐代杜甫的

「酒債尋常行處有,人生七十古來稀。」的詩句。在我國古代,人能活到70歲是很罕見的,因而有「古稀」之說。

〔期頤〕指老人100歲壽辰,也是老人長壽百歲的雅稱。《禮記‧曲禮上》:「百年曰期頤。」鄭玄注:「期,猶要也;頤,養也。」朱熹曾說過,「期」是「周匝之義」,意為百歲已轉過一圈了,因而一直延續到今。

〔花甲重開〕指老人120歲壽辰,本意為經過了兩個花甲之年。

〔古稀雙慶〕指老人140歲壽辰,本意為經過了兩個古稀之年。如清代乾隆劉墉那幅贈141歲的壽星聯:

花甲重逢,又增三七歲月;(乾隆)

古稀雙慶,再添一度春秋。(劉墉)

〔大耄〕指80歲以上的老人,是我國古代對年齡高的老人的一種稱謂。如《爾雅‧釋言》郭璞注:「八十為耄」。

〔耄耋之年〕指八九十歲的老人。在我國古代,將「耄(ㄇㄠˋ)」稱之為老年期,對老年人則敬稱為「耋(ㄉㄧㄝˊ)老」。總體而言,「耄耋之年」是對老年人年齡的一種概括說法。

〔斑白〕本指頭髮黑白相雜,進而轉化為對老年人的一種代稱。《詩經‧祭義》「斑白者,不以其任行乎道路。」可見,在古代對老年人的尊敬禮俗,認為「斑

白者」是不負擔重物的。

〔桑榆〕指人的晚年，而「桑榆」一詞在詩句中是最為常見的。其本意為日落之處，語出《太平御覽》引《淮南子》：「日西垂在樹端，謂之桑榆。」又如《後漢書‧馮異傳》：「失之東隅，收之桑榆。」即包含了日出，又言明了日落。今天，人們也常用「桑榆」一詞來象徵老年人的老有所為、精神振作。

〔椿〕即大椿，一種喬木，有高壽之意，多用其代指父親，如「椿齡」「椿庭」。語出《莊子‧逍遙遊》：「楚之南有冥靈者，以五百歲為春，五百歲為秋；上古有大椿者，以八千歲為春，八千歲秋，此大年也。」

〔萱〕即萱草，是一種多年生草本植物，多用其代指母親，傳說吃了此草可令人忘憂。語出《詩經‧伯兮》：「焉得諼草，言樹之背。」因「諼」與「萱」同音，後人便以「萱草」代之。如「萱草」「萱堂」「北堂」，都是對母親的尊稱。

〔婺、庚〕「婺」「庚」均為星宿名，「婺」代指婦女；「庚」代指男子。如在壽聯中出現到的「夫妻偕老，庚婺雙輝。」就是對父母雙壽的祝福之意。

〔樽〕古代盛酒的器具。又如：樽杓（指飲酒之器）；樽桂（杯中的桂花酒）；樽酌（指飲酒之器）；樽酒（杯酒）。

四、壽聯精選

1. 通用壽聯

福如東海　　　　　喜逢盛世
壽比南山　　　　　樂享遐齡

呈輝南極　　　　　人歌上壽
霞煥椿庭　　　　　天與遐齡

福同海闊　　　　　天地同壽
壽與天齊　　　　　日月齊光

人增高壽　　　　　立功立德
天轉陽和　　　　　壽國壽民

名高北斗　　　　　德勤益壽
壽以人樽　　　　　心闊延年

松蒼柏翠　　　　　四時調玉燭
人壽年豐　　　　　千算祝瑤觴

樽開北海　　　　　福如東海大
曲奏南薰　　　　　壽比南山高

蟬鳴高柳　　　　　仙鶴千年壽
鶴棲長松　　　　　蒼松萬古春

福大樂高壽　　　松齡競歲月
德高享高齡　　　鶴壽紀春秋

幸福征壽考　　　佳辰逢嶽降
大年享升平　　　瑞氣靄春暉

南山欣作頌　　　瑤池春不老
北海喜開樽　　　壽城日開祥

松柏長春茂　　　樹老有餘韻
頤年養性情　　　年高多雅情

松齡長歲月　　　盛世長青樹
鶴語記春秋　　　農家不老松

勳跡光日月　　　壽同山巒永
精神富流年　　　福同海天長

歲大勤活動　　　與乾坤為壽
年高喜健康　　　和日月齊光

鶴算千年壽　　　菊水人皆壽
松齡萬古春　　　桃源境是仙

色膚青春顏　　　人老心不老
鶴髮少華容　　　年高志更高

子孫萬代福　　　延年年大歲
心寬能增壽　　　益壽壽長春

北斗臨台座
南山獻壽杯

春風揮翰墨
佳氣接蓬萊

歲老根彌壯
驕陽葉更蔭

紅帶雅宜華髮
白醪光泛新春

松高枝葉茂
鶴老羽毛豐

紫氣輝連南極
丹心彩映北樓

松慶大壽樂
鶴祝高齡福

笑指南山作頌
喜傾北海為樽

松心應耐雪
鵬力會沖天

乃文乃武乃壽
如竹如梅如松

白鶴翔萬里
紅桃壽千秋

漢柏秦松骨氣
商彝夏鼎精神

生活天天好
人壽年年增

生命在於運動
長壽因之勤勞

松鶴千年壽
德厚可廷年

福臨壽星門第
春到勞動人家

壽添滄海日
松祝小春天

神智精敏健康壽
頭腦清醒仁德福

健康樂高壽
德仁喜長春

心地高明宜福壽
精神爽朗自康寧

白髮朱顏登上壽　　　花開紅杏酣春色
豐衣足食享高齡　　　酒進南山作壽杯

處世好義樂德壽　　　童顏少貌健康壽
治事有道歡仁福　　　生活快愉精神福

福祿壽三星拱照　　　東海白鶴千秋壽
天地人六合同春　　　南嶺春松萬載春

白鬢懸臉童齡貌　　　碧桃歲結三千實
紅光滿面少年容　　　紫鳳朝銜五色箋

柏節松心宜晚翠　　　福童必隨勤與奮
童顏鶴髮勝當年　　　壽星常伴喜和樂

子孫敬尊歡樂壽　　　銀絲童貌兒孫喜
兒女賢孝精神福　　　白髮少容子女歡

精神愉快樂晚歲　　　千歲蟠桃開壽域
生活舒暢喜邁年　　　九重春色映霞觴

舉杯同歌無量壽　　　福如東海長流水
開杯共醉小陽春　　　壽比南山不老松

喜逢盛世頻增壽　　　大鵬鳥飛九萬里
樂度晚年再添光　　　蟠桃子熟三千年

智才英明健康壽　　　仙翁歡喜慶耆壽
精神煥發安寧福　　　觀音快樂祝高齡

春日融和欣祝壽
吉星光耀喜迎春

山青水秀春常在
人壽年豐福無邊

蟠桃已結瑤池露
玉樹交聯閬苑香

觴飛瑤階來仙祝
瑞靄錦屏見壽星

清風滿堂氣自高
勁松迎客人同壽

蟠桃捧日千秋壽
古柏參天萬年青

壽域宏開松顯勁
春堂眾慶鶴含歡

野鶴巢邊松最老
仙人掌上雨初晴

福星高照滿庭慶
壽誕生輝闔家歡

丹室曉傳香鳥宇
瑤池時進白雲霞

東壁離文才吐鳳
南山獻頌昔流瓊

高齡稔許同龜鶴
瑞世應知有鳳毛

今日長綿欣有德
延年益壽樂無疆

一華中分連海曙
五雲高處是蓬萊

鳳高漸展摩天翼
山翠遙添獻壽杯

心田種德心常泰
福地安居福自來

海屋有籌多附鶴
春城無處不飛花

德如膏雨都潤澤
壽比松柏是長春

周天行健人常健
九日登高壽更高

頂霜傲雪蒼松勁
沐雨經風翠柏蔥

載竹盡成雙鳳尾
種松皆作老龍鱗

春風盈樽春風滿面
南山比峻南極騰輝

自是牡丹真富貴
果然松柏老精神

壯志鳳飛逸情雲上
靈芝獻瑞仙鶴同年

長享忠厚無量福
欣承積善有餘家

白髮朱顏喜登上壽
豐衣足食樂享晚年

紅燈高照福慶長樂
爆竹連聲壽祝久安

天與長春靈芝獻瑞
人傳濟美寶樹敷榮

南極騰輝彤雲瑞靄
西池宴會絳雪香芳

行可楷模人人稱德
老如松柏歲歲爭榮

生逢盛世福如東海
樂享高齡壽比南山

立德立言於茲不朽
壽人壽世共此無疆

含和履巾執義秉德
駕福乘喜獲壽保年

吉祥高照瑞素呈祥
福壽雙全四季長安

福祿光明使君壽考
吉善長久宜我子孫

愛爵傳觴尤懷多福
頤性養壽屢獲嘉祥

大德仁翁多福多壽
南山松柏越老越堅

志大年高一身幹勁
童顏鶴髮滿面春風

宜我子孫受德之佑
使君壽考與福相迎

福祿歡喜長生無極
仁愛篤厚積善有徵

璞玉渾金是壽者相
碧梧翠竹得氣之清

心身健康花甲壽超程
精神愉快耳順福登高

市隱四明樓高百尺
朋頌三壽恩沐九霄

桃熟三千美果平分仙洞
春光九十稱觴偏占佳期

年老心不老一身幹勁
花紅人也紅滿院春風

形體健壯兒女喜慶大壽
身心康寧子孫歡祝高齡

社會精神賦予大壽樂
人民生活享受高齡福

老壽星長壽長壽再長壽
眾同志祝福祝福再祝福

精神矍鑠似東海雲鶴
身體老健如南山勁松

一曲謳歌笑指南山作頌
幾回醉舞喜傾北海為樽

家家喜見松鶴千年壽
處處笑迎祖國萬代春

颯颯金風聲奏豐收樂曲
朗朗秋月光照長壽人家

耄耋形貌童容兒女樂
老邁體相少顏子孫福

人壽年豐生活似糖似蜜
風和日麗風光如畫如詩

老尚栽花讓春光更美
退猶獻策為祖國分憂

大衍添籌一百六日春光好
長才養檄七十二沾遊歷長

身體康健年老耆壽青春顏
肌膚飽滿歲大高齡少華容

人逢盛世人添壽壽高五嶽
地遇豐年地增收收滿三江

山明水秀八節四時顏不老
風和日麗千年萬古景長春

蓬萊仙界幻如蜃樓在此地
南極壽星恰似畫者是斯人

喬木長青幸福之因逢盛世
流水不腐勤勞端合享遐齡

樂享遐齡壽比南山松不老
欣逢盛世福如東海水和流

兒孫團聚繞膝滿酌健康酒
親友遠臨圍座朗誦長壽詩

春留四季紅梅沁香白鶴舞
身逢盛世蒼柏滴翠勁松青

雪冷霜寒萬里勁松曾傲歲
風和日暖千年古柳尚爭春

長壽人飲長壽酒年年長壽
常春國唱常春歌歲歲常春

屋後高山頂青天天高九重壽高重九
亭前溪水繫大海海大無邊福大無邊

從康樂世溯降生辰天遣老成旋氣運
當幸福年祝無量壽人同國祚永靈長

壽運宏開獻上德智體共了前程似錦
老當益壯做好傳幫帶喜看後繼有人

羨今嗣學富五車譽滿城鄉豪爽高飛標美望
祝上壽籌添鶴算歡承祿養椿庭愛日駐長春

橫批

福如東海　壽比南山　南山獻頌　鶴壽添壽　祝無量壽
九如之頌　壽城宏開　晉爵延齡　日月長明　奉觴上壽
慶衍箕疇　松林歲月　篷島春風　福樂長春　康樂宜年
延年益壽　一門合慶　心曠神怡　高壽齊天　歡度晚年
洪福齊天　晚年幸福　知足長樂　福體長泰　壽源萬里
康疆逢吉　老當益壯　乃福乃壽　萊彩承歡　福壽雙全
長壽百歲　德高望重

2. 女壽聯

（1）通用女壽聯

春雲靄瑞　　　　　　金萱永茂
寶婺騰輝　　　　　　慈竹長春

123

秀添慈竹　　　　　萱花欣永茂
榮耀萱花　　　　　梅蕊慶先春

仁慈殷實　　　　　歲寒松晚翠
獲壽保年　　　　　春暖蕙先芳

萱堂日永　　　　　玉樹盈階秀
蘭閣風熏　　　　　金萱映日榮

慈母溫柔　　　　　雲霞成異色
宜家受福　　　　　松柏有奇姿

輝騰福婺　　　　　萱草千年綠
香發琪花　　　　　桃花萬樹紅

禧延萱閣　　　　　萱草淩霜翠
觴晉椒樽　　　　　靈芝邑露香

萱榮堂北　　　　　瑞靄全家福
婺煥弧南　　　　　光耀半邊天

宴進延齡酒　　　　慈竹青雲護
簋添益壽花　　　　靈芝絳雪滋

慈萱春不老　　　　天朗氣清延晷景
古樹壽長青　　　　辰良日吉祝慈齡

靈芝望三秀　　　　南極星臨山嶽動
玉樹起千尋　　　　北堂萱映每天晴

玉露常凝萱草翠
金風運送桂花香

西望瑤池降王母
南極老人應壽昌

萱草含芳千年豔
桂花香動五株新

梅帳寒消花益壽
萱幃春護早生香

瑤池喜晉千年酒
海屋欣添百歲籌

滄海月瑩壽母相
瑤台仙近女人星

芝蘭玉樹競娟秀
青鳥蟠桃共歲華

今日正逢萱草壽
前身合是杏花仙

輝騰寶婺三千丈
青發奇花十萬枝

蘭桂騰芳開壽域
兒孫英俊繼家聲

麻姑酒滿杯中綠
王母桃分天上紅

金母晉桃開綺席
素娥分柱釀瓊漿

祥鸞儀羽來三鳥
慈姥峰巒出九霄

蟠桃子結三千歲
萱草花開八百春

麻姑賜得長生酒
天女散來益壽花

薔薇香送清和月
芍藥祥天富貴花

日長萱草連雲秀
風靜蘭芽帶露香

雲邊仙藉傳青鳥
日下題封見紫瓊

福護慈萱人不老
喜彌壽樹歲長春

紫松樹裡千年鶴
德鳳池邊五色雲

艾葉香濃籠彩幃　　　翠邑慈篁輝錦幃
榴花色豔映斑衣　　　香分籬菊點斑衣

無色雲中三瑞草　　　頓教萱庭添春色
九重天上萬年松　　　記取蓉屏寫壽文

萱花挺秀輝南極　　　萱幃日永添長樓
梅萼舒芬繞北堂　　　葭官灰飛舞彩衣

松柏常滋仙掌露　　　喜看梅黃逢臘月
鳳凰新浴璧池春　　　壽添萱綠護春雲

華堂設幃綿瓜瓞　　　白雪歡歌翻壽曲
水榭開宴賞藕花　　　淡雲堅石傲松年

青鳥飛來雲五色　　　乃冰其清乃玉其潔
碧桃獻上歲三千　　　如山之壽如松之青

穿針乞巧添長縷　　　梅馥嶺南小春有信
舞彩承歡有老萊　　　萱草堂北壽域無邊

人老身健晚年樂　　　萱茂華堂輝生錦幃
柏翠松蒼百歲紅　　　桂開月殿曲奏霓裳

丹桂飄香開月闕　　　首夏清和長春富貴
金萱稱慶詠霓裳　　　慈雲庇護愛日綿長

紅葉叢蘭花錦繡　　　恭儉溫良宜家受福
方瞳綠鬢玉精神　　　仁愛篤厚獲壽保年

日麗萱闈祝無量壽
香傅梅嶺居小春天

黍谷回春椒盤獻瑞
萱堂稱慶柏酒延禧

婺煥重霄時呈五福
時維九月序屬三秋

鶴算添籌瑞凝萱室
兕觥晉酒雅譜三陔

玉樹清香金萱日永
綠波放早翠柏春長

萱庭春長良辰設幃
杏林日麗綺席稱觴

蘭閣風熏瑤池益算
萱堂日永采幃延齡

寶婺生光彩嬉萊子
華堂開宴酒晉麻姑

彩絢瓊枝萱堂日暖
春生玉砌鸞佩風和

露湛芝田萱榮堂北
日長蓬島桃熟池西

荷詔風清良辰攬揆
萱堂日永大慶稱觴

葭官飛灰璿闈溢喜
萱闈愛日寶婺騰輝

萱茂華堂輝生錦帨
仁愛篤厚獲壽延年

鵲駕填橋天孫錫壽
兕觥進酒王母臨宴

曲水湔裙春光正好
慈闈設幃籌算無疆

蘭閣風熏綺琴解慍
萱庭日麗彩縷延齡

五色芝莖慈闈祝壽
百年萱草新歲延齡

芝幃呈祥共春旗一色
椒觴獻瑞祝壽母千秋

五福駢臻萱草並水仙競豔
一陽初動算籌與宮線同添

七發助文潮祝詞愧乏枚乘筆
三還居仁里勵學長留孟母機

午月慶芳辰堂前萱草分眉綠
婺星耀瑞彩階下榴花照眼紅

臘月頌嘉平祝堂上金萱日茂
婺星明燦爛喜庭前翠柏冬榮

萱草祝長春奏樂新翻金縷曲
蓮花慶生日稱觴合獻碧筒杯

十月值小春看嶺上梅花初放
一星懸寶婺祝堂前萱草長榮

萱室發榮光壽祝箕疇備五福
菊籬綻秋色天教晚節傲群芳

（2）五十女壽聯

蟠桃捧日三千歲
萱樹參天五十圍

庭悼長駐三春景
海屋平分百歲籌

五福備至已五十
百壽開先過半百

燕欄謝蘭年經半甲
桑弧蓬矢志在四方

記八千為一春萱草千年綠
再五十便百歲桃花萬樹紅

（3）六十女壽聯

玉芽久種春秋圃
青液頻澆甲子花

紀壽欣逢新甲子
培香喜掇早丹花

青松翠竹標芳度
紫燕黃鸝鳴好春

花乃金萱開六甲
星真寶婺煥中天

八月秋高仰仙桂
六旬人健比喬松

桃熱正逢花甲茂
蘭開幾閱福壽添

六秩華宴新歲月
三千慈訓大文章

彤管飛音歌玉樹
綠雲分彩護金萱

畫堂疊晉屠蘇酒
彩袖爭貽度朔桃

玉樹階前萊衣競舞
金萱堂上花甲初周

春秋不老岡陵頌
甲子重添福壽花

六十年度似芙蓉出水
二回甲子如桃花初開

寶婺星輝延六秩
蟠桃瑞獻祝千秋

（4）七十女壽聯

一鄉稱壽母
七十稱古稀

年過七旬稱健婦
籌添三十享期頤

金桂生輝老益健
萱草長春慶古稀

月滿桂花誕七秩
庭留萱草茂千秋

壽衍七旬輝寶婺　　　　日煦萱花去征異彩
堂開四代樂黛風　　　　天留婺宿人慶稀年

七旬菊香秋的獻
五雲花潔日邊來

介壽獻西母蟠桃一千歲花二千歲實
忘憂羨北堂萱草四十年苦三十年甘

（5）八十女壽聯

四代斑衣榮耄壽　　　　卓爾經綸傳渭水
八旬福婺慶遐齡　　　　飄然風致並香山

菱花當面照黃髮　　　　萱壽八千八旬大壽
竹葉入唇醉耄齡　　　　範福九五九疇乃全

八旬且獻瑤池瑞　　　　白髮朱顏登八旬大壽
四代同瞻寶婺輝　　　　豐衣足食享幸福晚年

滄海月瑩壽母相　　　　八秩壽宴開萱草眉舒綠
瑤台仙近女人星　　　　千秋佳節屆蟠桃面映紅

鸞笙合壽和聲樂
鶴算同添大耋年

八月稱觴桂花投肴延八秩
千聲奏樂萱草迎笑祝千秋

逾古稀又十年可喜慈顏久駐
去期頤尚廿載預徵後福無疆

兩番晝獲昌歐門六一堂玉為樹
群星奉觴祝金母三千年桃始花

梓舍功高慶麟閣雙登壽母八旬躋八座
蓀枝蔭大值霓裳同詠名經千佛祝千春

（6）九十女壽聯

芝榮五色
圖獻九如

九旬鶴花同金母
老秩斑衣學老萊

一鄉稱壽母
九十不為奇

瑤池果熟三千歲
海屋籌添九十春

慶花甲一周添半
祝萱堂百歲有奇

錦幛動春風壽延九里
萱花標經色慶衍九秋

堂北萱花榮九秩
天南寶婺耀千秋

天上壽初宴九十曰耋
樂餘度安康八千為秋

華宴九秩萊子樂
慈訓三遷孟母賢

明月有恆紀年合獻九如頌
長春不老添閏當稱百歲人

愛日佇期頤蘭階早釀十年酒
慈雲周海嶽萊彩猶載一曇花

設幃溯當年喜花甲一周又半
稱觴逢此日祝萱齡百歲有奇

（7）百歲女壽聯

瑤池喜晉千年酒　　　桃熟三千瑤池啟宴
海屋欣添百歲籌　　　籌添一百海屋稱觴

鶴髮童顏臻上壽　　　天上三秋婺星幾轉
蘭馨桂馥樂餘年　　　人間百歲萱草長榮

樂奏雲璈歌百歲　　　婦德交稱上壽允享
德輝彤史祝千秋　　　孫榮競秀五世其昌

風範仰坤儀歡呼共祝千秋節
期頤稱國瑞建築應興百歲坊

西王歲計三千鶴算延齡桃結實
大母年逾九六烏私終養李陣情

（8）百歲以上女壽聯

鶴算添籌過百歲　　　簫引玉娥，八璈齊奏
萱花絢彩祝千秋　　　筵開金母，百歲長綿

上壽逾期頤，一片婆心應食報
大齊綿歲月，千秋仙果為分香

橫批

眉壽顏堂	北堂萱茂	星輝寶婺	王母長生	璿閣長春
婺宿騰輝	慈竹風和	萱堂日永	金母晉桃	蟠桃獻頌
萱花挺秀	萱庭集慶	金萱煥彩	紫綬金章	福海壽山
寶婺藤輝	慈顏長春	容光煥發	璿閣大喜	萱庭日麗

3. 男壽聯

（1）通用男壽聯

德為世重　　　　　蒼松柏翠
壽以人尊　　　　　人壽年豐

雲山風度　　　　　頤性養壽
松柏氣節　　　　　屢獲喜祥

春秋不老　　　　　星輝南極
甲子重新　　　　　霞煥椿庭

福祿歡喜　　　　　晚年逢盛世
長生無極　　　　　山上不凋松

如松如鶴　　　　　泰岱松千尺
多壽多福　　　　　丹山鳳九苞

仁愛篤厚　　　　　宴前傾菊釀
積善有徵　　　　　堂上祝春齡

仁者無量壽　　綺席延賓開杏苑
此翁更精神　　化堂祝蝦仰椿庭

玄鶴千年壽　　歲歲壽宴依北斗
蒼松萬古春　　年年此日頌南山

山青春發早　　椿樹庭前開壽域
松老白雲多　　桃花源裡住仙家

椿樹千尋碧　　千秋金鑒昭明德
蟠桃幾度紅　　八月銀濤壯壽文

願獻南山壽　　正喜榴花多結子
先開北海樽　　共斟蒲酒祝添庚

青松多壽色　　既效關卿不伏老
丹桂有絲香　　更同孟德有雄心

與乾坤並永　　朱顏醉映丹楓色
同日月俱升　　華髮疏同老鶴形

上苑梅花早　　北海樽開化壽酒
仙階柏葉榮　　南熏曲秦理瑤琴

露邑青松多壽色　　坐看溪雲望牛女
月明丹桂托靈根　　笑扶鳩杖話桑麻

喜逢華誕歌春酒　　宵漢鵬程騰九萬
好向新年戲壽衣　　錦堂鶴算頌三千

巧逢天上星辰聚
乞得人間福壽多

瑤台牒注長生字
蓬島春開富貴花

萊舞堂前娛晚歲
梅開嶺上得先春

龍門泉石番山月
蓬島煙霞閬苑春

上古大椿原不老
小山絲桂最宜秋

天上星辰可作伴
人間松柏不知年

紫毫彩筆題仙籍
玉液瓊酥作壽杯

和合平安人長壽
吉祥如意福滿門

數備箕疇多獲福
同傾菊灑樂延年

老驥識途明向背
人生同欲是康寧

幾行紅樹來佳氣
一抹青山是壽眉

紫氣東來膺五福
星輝南極耀三台

名望與鬥山並重
年齡隨宮線同添

年老志大渾身勁
鶴髮童顏滿面春

紅梅綠竹稱佳友
翠柏蒼松耐歲寒

仙家日月壺公酒
名士風流太傳詩

行可楷模爭稱德
壽如松柏歲長春

芝蘭氣味松筠操
龍馬精神海鶴姿

壽考維祺徵大德
文明有道享高年

名山梅鶴饒清福
春酒羔羊祝大年

茶蘼開到清和月　　　鳩杖引年椒花獻瑞
芍藥應稱富貴花　　　鶴籌添算椿樹留蔭

南州冠冕此其選　　　良月宴開介眉酒熟
上古千秋可與儔　　　小春氣暖繞膝歡騰

人上征途心不老　　　旨酒佳餚香浮芍藥
志朝峰頂景長春　　　龐眉皓首色映薔薇

左吟太行右挾東海　　　東坡雅人宣作生日
光浮南極星起老人　　　西方壽佛長取新年

跡離國事品和琛玉　　　得古人風有為有守
名齊渭水胸貯經綸　　　唯仁者壽如岡如陵

北海開樽西園載酒　　　東海添籌春秋高矣
南山獻壽東閣宴賓　　　南山采菊風致悠然

體健身強宏開壽域　　　旨酒佳餚香浮芍藥
孫賢子肖歡度晚年　　　龐眉皓首色映薔薇

五福梅開籌添鶴算　　　壽酒盈樽春風滿座
三多竹報酒晉兕觥　　　嵩山比峻南極增輝

紅杏爭妍春光大好　　　大夫如松德音是茂
白華潔養純嘏彌長　　　君子保艾壽考維祺

功和龍閣名垂青史　　　序居陽春春同松柏
心懷虛穀安度晚年　　　壽稱國瑞瑞獻芙蓉

節屆中秋月圓人壽
籌增上算桂馥蘭馨

紅杏在林時維二月
紫芝記算數合九疇

桃實呈祥駢臻百福
極星拱壽輝映三台

一曲謳歌笑指南山作傾
幾回醉舞喜傾北海為樽

頌獻嘉平詩歌福祿
人稱壽考樂敘彝常

天上太陽光照山河萬里
人間高壽喜看蘭桂盈庭

詩譜南山耆英望重
樽傾北海壽考康強

勝友如雲同頌党恩深重
壽宴從簡不忘國事興隆

介祝稱觴陽春一曲
書雲獻頌壽考萬年

曲譜南熏四月清和逢首夏
樽開北海一家歡樂慶長春

酒冽花香幸有豐功酬壯志
時和人瑞喜從盛世祝遐齡

介壽值良辰春滿蓬壺廷晷景
引年征盛典籌添海屋祝長齡

天錫遐齡肇八千歲為春之旦
日臨初度應十二月成物之功

斯世尚浮誇祈年多拾岡陵句
吾翁欣雙鑠介壽宜陳封祝詞

一陽肇資始之功福並天心來復
八表屨迎長之慶壽與宮線新添

把道葉天和乍瑞氣騰來一冬盡暖
稱觴臨歲秒各哲人生後萬物方春

紅顏未虛度冰河鐵馬伏虎降龍除舊歲
白髮帶笑看煙柳畫橋鋪金疊翠換新天

鴻案慶齊眉壽域宏開正喜百花作生日
鹿車欣挽手衡門偕隱永教二老樂長春

七夕是生辰喜功名事業從心處處帶來天上巧
百花為壽域羨玉樹芝蘭繞膝人人占卻眼前春

（2）五十男壽聯

半百光陰人未老　　　　　大衍宏開光禹範
一世風霜志更堅　　　　　知非伊始學蘧年

天邊客送千秋節　　　　　庭幃長駐三春景
庭下人翻五色裳　　　　　海屋平分百歲籌

元龍早日推湖海　　　　　讀書砥行堪知命
安石中年有竹絲　　　　　安富尊茶且慕親

五十華誕開北海　　　　　五秩康強志如鋼
三千朱履慶南山　　　　　四時健旺氣若虹

教秉尼山樂天安命　　　人方中午五十日艾
學符伯玉寡過知非　　　天予上壽八千為春

五嶽同尊唯嵩峻極　　　學到知非宏開壽域
百年上壽如日方中　　　年齊大衍共晉霞觴

花甲正圓十年再造
林壬入頌百歲半臨

吾輩當惜分陰萬八千日莫虛擲
勸君更盡杯酒四十九年應知非

數百歲之桑弧過去五十再來五十
問大年於海屋春華八千秋實八千

不福星真福星即此一言可為君壽
已五十再五十請至百歲再徵余文

四萬里皇圖伊古以來從無一朝一統四萬里
五十年聖壽自今而後尚有九千九百五十年
　　　　　　　（清‧紀曉嵐賀乾隆五十歲壽）

（3）六十男壽聯

耳順正時猶點額　　　二回甲子春初度
鄉閭杖處盡稱觴　　　舉國笙歌醉太平

頌祝遐齡椿作紀　　　紀壽欣逢新甲子
宴開壽宴海為樽　　　培香喜掇早丹花

延齡人種神仙草
紀算新開甲子花

花甲齊掉駢臻上壽
芝房聯句共賦長春

甲子重新新甲子
春秋幾度度春秋

海屋添籌林壬洽頌
鄉閭進杖花甲徵祥

頌晉林壬欣介壽
算周花甲樂延年

甲子重新如山如阜
春秋不老大德大年

八月秋高仰仙桂
六旬人健比喬松

前壽五旬又迎花甲
待過十載再祝古稀

杯傾北海辰被度
頌獻南山甲再周

花甲雖周猶可大顯身手
精神尚旺定能再揚先鞭

慶祝三多瓊宴晉爵
祥開七秩玉杖扶鳩

海屋添籌不紀山中花甲子
花封多祝應知天上老人星

年過花甲近古稀群賢畢至
人逢喜事享天倫高壽永昌

常如做客，何問康寧便使囊有餘錢，甕有餘釀，釜有
餘糧，取數頁賞心舊紙，放浪吟哦心要闊，皮要頑，
五官靈動勝千官，過到六旬猶少

定欲成仙，空生煩惱只令耳無俗聲，眼無俗物，胸無
俗事，將幾枝隨意新花，縱橫穿插睡得遲，起得早，
一日清閒似兩日，算來百歲已多

（清·鄭板橋六十歲自壽聯）

（4）七十男壽聯

人歌上壽　　　　　　三千朱履隨南極
天與稀齡　　　　　　七十霞觴進北堂

一鄉稱長者　　　　　青霜不老千年鶴
七十日古稀　　　　　錦鯉高騰太液波

從古稱稀尊上壽　　　國中從此推鳩杖
自今以始樂餘年　　　池上天今有鳳毛

當看山河今宛在　　　休辭客路三千遠
誰言七十古來稀　　　須念人生七十稀

三千歲月春常在　　　杖國鳩扶人歌上壽
六一豐神古所稀　　　籌添鶴算天與稀齡

童顏鶴髮壽星體　　　慶祝三多瓊宴顯爵
松姿柏態古稀年　　　祥開七秩玉杖扶鳩

入國正宜鳩作杖
歷年方見鶴添籌

海屋添籌古來稀者今來盛
華宴慶衍福有五分祝有三

二十舉鄉，三十登第，四十還朝，五十出守，六十開
府，七十歸田，須知此後逍遙，一代福人多暇日

簡如格言，詳如隨筆，博如旁證，精如選學，巧如聯
語，富如詩集，略述平生著述，千秋大業擅名山
（清·王叔蘭賀梁章鉅七十歲壽辰）

（5）八十男壽聯

渭水一竿閑試釣　　　　文移百斗成天象
武陵千樹笑行舟　　　　月捧南山作壽杯

杖朝步履春秋永　　　　八秩康強春秋永在
鈞渭絲綸日月長　　　　四時健旺歲月優遊

耆年可入香山壽　　　　天賜期頤長生無彬
碩德堪宏渭水漠　　　　人間百歲只慶有餘

卓爾經綸傳渭水　　　　跡隱丹雀品征琛玉
飄然風致赴香山　　　　名齊渭水胸貯經綸

告存不待邀天祿　　　　寶樹靈椿三千甲子
夢卜能遺顯國琛　　　　龍眉華頂九十春光

陽春正獻瑤池瑞　　　　精神矍鑠似東海雲鶴
耋老頻添海屋籌　　　　身份老健如南山勁松

春酒流香酎壽酒　　　　白髮朱顏登八旬大壽
耄齡添美祝遐齡　　　　豐衣足食享幸福晚年

幸運維新賴有老成作砥柱
華封晉祝欣將詩句詠萊台

日歲能預期廿載後如今日健
群芳齊上壽十年前已古來稀

羨高年精神矍鑠花甲重添二十載
居上壽齒德俱尊松年永享八千秋

千齡預宴九老圖形杖履春坐年德鐘山堪比峻
東方善諧南極昌壽孫曾林立家門荊樹慶長榮

八千為春八千為秋八方向化八風和慶聖壽八旬逢八月
五數合天五數合地五世同堂五福備正昌期五十有五年
　　　　　　　　　　（清・紀曉嵐賀乾隆八十歲壽）

（6）九十男壽聯

歌人生三樂
頌天保九如

南極桑弧懸九一
東方桃實獻三千

露滋三秀草
雲護九如松

三千歲月春常在
九十風神古所稀

瑤池草熟三千歲
海屋籌添九十春

三千美景添籌算
九十風光樂有餘

南極星輝南嶽宴
九齡人晉九如歌

桃花已發三層浪
人瑞先征五色雲

三祝宴開歌壽考
九如詩頌樂嘉賓

九老曾留千載壽
十年再進百齡觴

願效嵩呼歌大壽　　　　　閒雅鹿裘人生三樂
還隨萊舞祝期頤　　　　　逍遙鳩杖天保九如

寶樹靈椿三千甲子　　　　桃熟三千樽開北海
龍眉體頂九十春光　　　　春光九十詩傾南山

壽宇鴻開圖陳百福
名楣喜溢頌獻九如

明月有恆紀年合獻九如頌
長春不老添閏當稱百歲人

樂享晚年漫道世間難逢百歲
宜登上壽且看堂上再過十年

丘壑足煙霧九十年來留逸志
屋堂多雨露八千歲後又生春

（7）百歲男壽聯

盛世常青樹　　　　　　　莫道人生無百歲
百年不老松　　　　　　　須知草木有重春

洵似人間真瑞　　　　　　蓬萊盤進長生果
居然天上神仙　　　　　　玳瑁宴開百歲觴

人生不滿公今滿　　　　　瓊材歌舞群仙會
世上難逢我正逢　　　　　海屋衣冠百壽圖

稱觴共慶千秋節　　天邊已滿一輪月
祝嘏高懸百壽圖　　世上同鐘百歲人

家中早釀千年酒　　壽晉期頤天年永運
盛世長歌百歲人　　光增史乘人瑞流傳

樂奏雲璈歌百歲　　大好良辰春光明媚
德輝彤史祝千秋　　重開令甲上壽期頤

人作不滿公今滿　　上壽期頤莊椿不老
世上難逢我竟逢　　君子福履洪範斯陳

福海朗照千秋月　　禮祝期頤莊椿無算
壽域光涵萬里天　　詩歌福履虞壽同登

活百歲松欽鶴羨　　天賜期頤長生無極
數一生苦盡甜來　　人間百歲積慶有餘

明月有恆紀年合獻九如頌
老春不老添閏當稱百歲人

孫子生孫上壽同臻稱國瑞
老人偕老百年共樂闔家歡

數百歲之桑弧過去五十再來五十
問大年於海屋春華八千秋實八千

（8）百歲以上男壽聯

大齊年齡超度過
無量壽佛降生來

壽越期頤，天年永遠
光增史乘，人瑞流傳

上壽越期頤，綽楔褒榮光裡乘
大齊綿歲月，蓬壺駐景傲仙家

橫批

南極星輝	壽富康寧	南山同壽	如日之升	東海之壽
星輝南輝	河山同壽	壽比松齡	海屋添壽	耆英望重
南山之壽	文星煥彩	天賜遐齡	椿庭日永	天保九如
靈椿永茂	老驥伏櫪	大椿不老	鶴髮童顏	志壯年高
鳩杖熙春	甲第增輝			

4. 雙壽聯

（1）通用雙壽聯

雙壽共道　　　　　　夫妻偕老
兩星齊明　　　　　　庚嫠雙輝

河山並壽
日月雙輝

雙星天象
全福人家

椿萱並茂
庚婺同明

青山不老
綠水長流

粗茶淡飯
長生不老

鶴翔百年
盤獻雙桃

合歡花常豔
伉儷壽無疆

交柯樹並茂
合巹宴同開

松柏老而健
芝蘭清且香

椿萱誇並茂
日月慶雙輝

斑衣人繞膝
白首案齊眉

西山桃熟實
東海鶴添籌

青松寒不落
丹鳳高其翔

清姿檳松柏
奇真此筠笙

霜蹄千里駿
風翮九霄鵬

歲寒松晚翠
春暖蕙先芳

人民生活好
老年壽星多

西池桃熟實
東海鶴添籌

紫氣通南極
青雲動北萊

三多人長樂
九如壽期頤

益壽花開並蒂　　　　紫氣輝煌雙鶴壽
恒春樹茁連枝　　　　春風浩蕩百花香

瑤草奇葩不謝　　　　福如王母三千歲
青松翠柏常青　　　　壽比彭祖八百春

梅竹平安春意滿　　　　蘭桂俱芳逢盛世
椿萱昌茂壽源長　　　　椿萱並茂享高齡

丹鳳傳來王母使　　　　並蒂花開瑤鳥樹
青牛駕付老君書　　　　合歡酒進碧筒杯

節到中和春正好　　　　人壽年豐彼此重
緣成伉儷壽無疆　　　　龜鶴遐齡一幅同

千歲桃開連理木　　　　棠棣齊開千載好
萬年枝放太平花　　　　椿萱並茂萬年長

樂府重重歌並壽　　　　少也清門為伉儷
萊衣兩兩頌雙星　　　　老而高壽頌平康

蟠桃天上駢枝實　　　　瑤觴春介齊眉壽
鳳管人間合韻調　　　　錦砌輝承繞膝花

南極星輝牛女渡　　　　堂上椿萱誇雙茂
北堂萱映鳳凰枝　　　　壺中日月慶雙輝

鳳凰枝上花如錦　　　　風和璿閣恒春樹
松菊堂中人並年　　　　日暖萱庭長樂花

紅梅綠竹稱佳友
翠柏蒼松耐歲寒

椿樹大年宜有慶
蓮花生日正當時

壽星伴子子長壽
童嬰映老老還童

華堂曉聽雲璈響
鴻案新餐雪藕香

南極星輝牛斗度
北堂萱映鳳凰枝

洞裡乾坤延鶴算
壺中日月訪仙家

慶佳節雙親長壽
賀新春五穀豐登

青山有雪存松性
碧落無雲稱鶴心

並蒂花開瑤島樹
合歡酒進碧筒杯

祝願翁姥年年健
期望兒孫個個強

鶴鹿同春人長壽
日月放彩歲大豐

仙鶴蒼松雙獻壽
五麟丹桂兩呈祥

椿萱並茂階前郁
蘭桂齊芳堂上春

花好月圓雙飛比翼
天長地久二老齊眉

養成毛羽凌霄漢
並茂椿萱萬古稀

伉儷相偕人添大壽
風光正好節居小春

雲霞輝映千年鶴
雨露滋培九畹蘭

蓬島真人瑤池仙子
家庭全福天上雙星

園林娛老兒孫好
夫婦同耕日月長

紅杏爭春群芳獻瑞
白華養志二老承歡

北極同榮南極同壽　　　山水怡情鹿門望重
靈芝為圃丹桂為林　　　鳳凰娛目鴻案齊眉

年享高齡椿萱並茂　　　舉案齊眉桃宴獻實
時逢盛世蘭桂俱芳　　　奉觴上壽梅嶺傳春

葭官征時觃觥同酌　　　地臘逢辰河山並壽
蘭階愛日鴻案相莊　　　天中建午日月雙輝

梅嶺新春詩歌偕老　　　弧帨同懸秋光初到
蓉屏耀彩壽祝同庚　　　琴瑟在御夏屋宏開

椿萱並茂河山並壽　　　喜溢椿庭椒盤獻瑞
庚婺同明日月同輝　　　歡承萱室柏酒稱觴

南極星輝斑聯玉樹　　　鴻案眉齊碧筒酒熟
北堂瑞靄花發金萱　　　鹿車手挽瑤島春長

椿茂萱榮疇增五福　　　鴻案齊眉瑟琴靜好
庚明婺煥耀映雙星　　　蟾宮耀采人月同圓

蒲艾同芳禧延卓午　　　德行齊輝一門合慶
椿萱並茂慶洽昌辰　　　福壽大衍百歲同符

鶴算同添華堂篤祜　　　天朗氣清極前渙彩
鹿車並輓壽宇延春　　　花香人壽杞菊延年

弧帨同懸葵心向日　　　桃李聯盟宜家宜室
椿萱並茂婪尾留春　　　椿萱並壽多福多男

桃李聯芳長春不老
極揃並耀純蝦彌長

花放水仙夫妻偕老
圖呈王母庚婆雙輝

柏翠松蒼鹹歌五福
椿榮萱茂同祝百齡

天竹臘梅相映成色
壽山福海共祝無疆

日升月恒天運兆長生之慶
椿榮萱茂地靈鐘不老之祥

節屆小春梅花紙帳甘同夢
香添長壽蓉鏡妝台證合歡

有日高升木公金母春無數
慈雲共覆桂子蘭孫樂有餘

卓午延禧艾綬榴裙相映色
良辰集慶雕弧悅錦互爭輝

鶴壽頻添年逾七十椿不老
龜齡永享壽高百歲萱並榮

鴻案慶齊眉仙侶篤生同降福
龍文看繞膝華堂介壽競承歌

伉儷雍和同懸弧悅
風光良好遍插茱萸

繞膝承歡圖開家慶
齊眉至樂福備人間

舉酒稱觴祝二老長壽
高歌引吭喜開放同春

荷沼頌鴛鴦碧筒杯裡傾佳釀
芝田游鶴鹿青玉案前祝大年

添來臘月風光椿萱與桂蘭並茂
耐得歲寒時節松柏偕天地同春

月圓人共圓看雙影今宵清光並照
客滿樽俱滿羨齊眉此日秋色平分

葭管動飛灰愛日迎長正喜一陽初復
萊衣試舞彩壽星期耀還欣二老同庚

海屋並添籌正逢首夏清和留得長春富貴
華堂同祝嘏不信人間夫婦意如天上神仙

（2）五十雙壽聯

德行齊輝一門聚慶
福疇人衍百歲同符

瑞集高堂鴛鴦宜福
籌添大衍松柏長春

鶴算同延天地數五
蟠桃並獻花實三千

屈指三秋天上又逢七夕
齊眉百歲人間應有雙星

鴻案眉齊禮稱曰艾
魷手祝壽詩詠如松

（3）六十雙壽聯

春秋不老岡陵頌
甲子同添福壽花

璧合珠聯圖開周甲
伯歌季舞燕啟良辰

偕老歌詩祥徵六秩　　　　繞膝含怡萊衣競舞
同年益壽頌獻三多　　　　齊眉舉案花甲同周

花甲齊年駢臻上壽
芝房聯句共賦長春

（4）七十雙壽聯

日月雙輝唯仁者壽　　　　鶴算頻添七旬攬揆
陰陽合德真古來稀　　　　鹿車共輓百歲長生

入國杖扶鳩夫婦齊眉同七秩
登堂舣獻兕賓朋拜手祝千秋

（5）八十雙壽聯

鸞笙合奏和聲樂　　　　弧同懸年齊八秩
鶴算同添大耋年　　　　極前並耀照千秋

天上人間齊煥彩　　　　庚婺同明九五其福
椿庭萱舍共遐齡　　　　椿萱並茂八千為春

盤獻雙桃歲熟三千甲子
箕衍五福庚同八十春秋

望三五夜月對影而雙天上人間齊煥采
占八千春秋百分之一椿庭萱室共遐齡

（6）九十雙壽聯

人近百年猶赤子　　　　鴻案齊眉長諧伉儷
天留二老看玄孫　　　　鶴籌添算即晉期頤

耄耋齊眉春深愛日
孫曾繞膝瑞啟頤年

松菊並年高衍出箕疇增五福
椿萱同日茂算來花甲合三周

（7）百歲雙壽聯

人瑞同稱耀聯弧悅　　　　芍藥欄邊花開富貴
天齡永享慶溢期頤　　　　椿萱堂上壽祝期頤

孫子生孫五世其昌稱國瑞
老人偕老百年共樂闔家歡

九同同居如木之長如流之運
百年偕老吾聞其語吾見其人

（8）百歲以上雙壽聯

萬壽頌無疆，鶴算頻添，數不盡大撓甲子
百年偕有伴，鹿車共挽，敢自稱陸地神仙

八千歲為春，八千歲為秋，合八千歲春秋，看一代椿
萱並茂
九五福日富，九五福日壽，享九五福富壽，數百年瓜
瓞長綿

橫批

鶴算同添	雙星並輝	福祿雙星	天上雙星	松柏同春
鴻案齊眉	桃開連理	華堂偕老	極婺聯輝	椿萱並茂
家中全福	壽域同登	夫妻偕老	盤獻雙壽	壽德同輝
雙星放彩	兩星齊鳴	椿萱長春	共頌期頤	松華柏茂

國家圖書館出版品預行編目資料

寫好聯，過好年 / 魏寧、路曉紅作. -- 初
版. -- 新北市：華志文化, 2014.01
面； 公分. --（休閒生活館；03）

ISBN 978-986-5936-64-8（平裝）

1.對聯

856.6　　　　　　　　　102024417

日 華志文化事業有限公司

系列／休閒生活館 0 0 3

書名／寫好聯，過好年

主　　編 魏寧、路曉紅

執行編輯 林雅婷

美術編輯 黃美惠

封面設計 葉若蒂

文字校對 陳麗鳳

企劃執行 康敏才

總　編　輯 黃志中

社　　長 楊凱翔

出　版　者 華志文化事業有限公司

電子信箱 huachihbook@yahoo.com.tw

地　　址 116台北市文山區興隆路四段九十六巷三弄六號四樓

電　　話 02-22341779

印製排版 辰皓國際出版製作有限公司

總　經　銷 旭昇圖書有限公司

地　　址 235新北市中和區中山路二段三五二號二樓

電　　話 02-22451480

傳　　真 02-22451479

郵政劃撥 戶名：旭昇圖書有限公司（帳號：12935041）

電子信箱 s1686688@ms31.hinet.net

出版日期 西元二○一四年一月初版第一刷

售　　價 一二九元

版權所有　禁止翻印

Printed in Taiwan

華志文化

華志文化

華志文化

華志文化